足元の顔

菊澤 慎二

東京図書出版

I

耶蘇《やそ》の顔が、銀造の足元にあった。

その顔は、銅板の中で静かな面立ちを浮かべながら銀造に対していた。

永くも短くも思えるこの月日は、わしにとっては何だったのだろう。いまなおその答えを見つけられずに迷ったまま、わしはこうしてここにいる。それも、この板を踏みさえすれば終わるのだろうか。

あれはまだ、春も浅い頃だったな……。

その冬の雪は例年にもまして多かった。

銀造はその日の夕刻、村の寄合に出ていた。父親が風邪をこじらせて寝込んでいたため、やむなく代理で寄合衆に加わったのだ。秋の穫り入れがいつになく少なかったことが話に上った。

このままいったら、年貢はどうなるかわからねえ。みなが一様に口にしたのはそのことだった。せめて、食いつないでいくだけのものは残してもらえるよう、代官所に掛け合ってもらえまいか。庄屋の木内市兵衛は、みなの話がそこへ落ち着くまでじっと目を閉じていた。どのような事態が起きようと、市兵衛は右往左往するような男ではない。みなはそれを承知しているからこそ、思いのたけを言ってのけることができるのだった。ただ、銀造は父親の代理ということもあって、話の流れを止めようとも思わなかったし、自分はこうだというような顔も見せずにいた。三十にもならない若造が、偉ぶった口など挟めるわけもなかったのだ。

寄合衆の話がひと通りまとまったのをみてとると、市兵衛は、ところで、と座敷内を見回してから話題を変えた。

「近ごろ、近在の村に耶蘇教を広めようとしている者が立ち寄ったというのだが、みなは聞いておらぬかの」

雑談でその場がにぎやかになりかけていたときだった。市兵衛の声が響くと、男たちは驚いたように話をやめ、それからざわめきがおこった。考えてもいない問いかけであった。次第にあちこちで声が大きくなった。

「みな静まってくれ。急なことを言い出して驚いたと思う。わたしも今朝方聞いたばかりなのだが、ともかく、みなの耳に入れておいたほうがよいと思うての。わたしは見かけてはおらぬが、もしみなの中で、そのようなことに関わるものが出てくると困ると考えたからなのだ。心しておいてくれるとありがたいのだが」

松吉という初老の男が、

「とんでもねえことだが、大丈夫だ。この村の家にゃあ、仏壇以外のものは何にもありはしねえでさ」

みなを制するように応えると、そうだとも、と他の衆も声を合わせた。

「わかっている。わたしもそんな心配はしておらぬ。ただ、話があったからみなに伝えておこうと思っただけだ」

うなずき合っている男たちを見やりながら、市兵衛は場を落ちつかせるような口調になった。

市兵衛は、寄合の席が静まるのを見はからって、いつもささやかな茶菓を家人に用意させていた。寄合衆を少しでも和ませたいとの想いからだった。庄屋の家形《やかた》へ集まる衆は、普段そのようなものを口にすることはない。それだけに、月に一度の寄合を半ば楽しみにしていたのである。

臥せている父親に食べさせたかったので、銀造は、その日用意されたものには手をつけなかった。茶だけをすすって、隣に尋ねてから厠《かわや》へ立つと、銀造の背後で、「銀さん」と呼び止める声がした。振り返ると、薄暗がりの中に市兵衛の姿があった。

「これは、仙造さんに……」

何気ない様子で、市兵衛は懐紙に包んだものをそっと銀造に手渡した。思いもかけないことで、声が出ずにいる銀造に、

「今日の分は食べてお帰り」

温かい声で市兵衛は言った。銀造は思わず押し頂くような姿勢になった。

「いいんだよ」とうなずきながら市兵衛はそのまま戻っていった。

寄合が終わって銀造が外へ出た時には、かなり夜も更けていた。雪明かりがわずかに道を示している。

しばらく歩くと、ふと、周囲の雪景色が青白い明るさで輝いた。見上げた雲間から月が顔をのぞかせている。そのとき前方から、どさりと何かが倒れるような物音が響いてきた。

猪か？　銀造はとっさに姿勢を低くすると、身構えながら雪道の先を見すえた。

そのまま暫く様子を見たあとで、銀造は用心しながら音が聞こえた方へと歩いた。

この辺りだったたな。

雪明かりの中で周囲を見回していると、一間ほど先から、うう、とかすかに唸るような声が聞こえた。歩を進めると、黒い影が目に入った。飛びかかってくるような動きはないが、まだ安心はできない。しかし、道側に長く伸びたものが人間《ひと》の脚だと気づくまでに時間はかからなかった。

こいつあ、てえへんだ。

銀造はそのそばへ駆け寄ると、すぐさま雪の中へ分け入った。倒れ込んでいるその身体はかなりの上背だが、どうやら男のようだと銀造は思った。上半身を起こし、苦しげな男を抱きかかえて目を凝らすと、その顔立ちは、この土地の他の誰とも異なって見えた。これまで異人についで耳にしたことはあっても、直に出会ったことなどなかった銀造はかなり驚いたが、髭をのばしたその顔の髪をかき上げて額に手を当てると、異常な熱が伝わってきた。銀造は途方にくれた。男の身の丈は、どう見ても六尺はありそうだ。いかに力仕事に精を出しているとはいえ、男の大柄な身体を運んでいく自信はまったく持てなかった。だいいち、家に帰ったところで、何の病かさえわからない薬など用意できるはずもない。かといって、喘ぐような息づかいの病人をこのまま打ち捨てていくこともできなかった。

どうすりゃいい。

ため息をついた銀造の脳裏に、ふと市兵衛の顔が浮かんだ。

そうだ。庄屋さまのお家形からは、まだそれほど離れちゃいねえな。そう思いつくと、

「すまねえ、いま人を呼んでくるからな。ちょっとの間、しんぼうしててくれや」

ひとりごとのように声をかけてから道に戻ると、またここへ引き返してくるまでのことが気がかりではあったが、銀造はそのまま庄屋の家形へ向かって走り出した。

家形の前へ辿り着いたときには息が切れていた。垣根に手をかけて息をつくと、銀造は背を伸ばして家形に目をやった。玄関はすでに暗くなっている。

「庄屋さま、庄屋さま」

大声を上げることがはばかられて、抑えるように呼びかけた。しかし、まったく応じる気配はない。

あとできつく小言を喰うかもしれねえが。

銀造は覚悟を決めて足元の雪をつかみとると、それを手の中で丸めて玄関に投げつけた。ひとつ、ふたつと戸口に当たったが、その音にも家人は何ら気づいていないようだ。銀造はさらに雪玉を放り投げた。さすがに四つ目が響いた時、玄関の鍵を開ける音がかすかに聞こえてきた。

「誰だ」

使用人らしい若い男の怒鳴るような声が辺りを震わせた。

「寄合に出ていた銀造と申します。庄屋さまにお話が」

銀造は叫ぶように呼びかけた。

「旦那さまはもうお寝《やす》みだ。明日にしろ」

面倒くさげに男は声を荒げた。

「そこを何とかお願《ねげ》えします。お願《ねげ》えします」

「いいかげんにしろ。いま何刻《なんどき》だと思ってる」

そのやりとりが気になったのか、玄関の奥に人影が見えた。背格好からすると市兵衛のようだ。玄関先の若い使用人とふたことみこと言葉を交わしてから表へ出てきた。使用人が門の閂《かんぬき》を外すと、市兵衛は、「お入り、銀さん」と声をかけ、せわしげな銀造の様子を見てとると、

「いま時分どうしたんだね、忘れ物かい？」

銀造を落ち着かせるように、市兵衛は静かに訊《き》いた。

「あの、病人が」

「病人？」

市兵衛は暗がりの中で不審気に聞き返した。

銀造は、熱を出して雪の中で倒れている男のことを手短に話した。

市兵衛の決断は早かった。すぐさま長い引き橇《ぞり》のようなものを使用人に用意させると、急ぎ身支度を整えて銀造のあとに従った。銀造は倒れている男が異人だろうとはあえて伝えなかった。市兵衛はともかく、使用人たちが騒ぎ立てるような気がしたからである。

「あそこです」

ようやく先ほどの脇道へ戻ってくると、その場を示すように銀造は腕を伸ばした。

使用人たちが足を急がせ、銀造もそれに続いた。

雪の中へ踏み込み、倒れ込んでいる男の身を起こそうとした使用人のひとりが、突然、「旦那さま！」と驚きの声を上げた。庄屋の家形で銀造に怒鳴った男である。

「どうした、佐平。そのおひとはもう息がないのかい？」

市兵衛は声を大きくしながらも、その口調にはいくらかつらそうな響きがあった。

「い、いえ、それが……」と佐平は口ごもった。

「何を言っているんだね。とにかく急いで橇《そり》に乗せなさい」

叱咤《しった》されて、使用人たちは銀造とともに、横たわる大柄な身体を抱え込んで橇に運んだ。数人がかりでもかなりの重さだったらしく、使用人たちの息が少し上がっている。

橇に寝かせられた男の様子が気になったのか、市兵衛は身をかがめてその額に手を当てようとした。その表情は暗がりの中でよくはわからなかったが、銀造には、市兵衛が目を丸くし、わずかに小首をかしげるのが感じられた。

「旦那さま……」

佐平はとまどったように市兵衛の様子をうかがった。

市兵衛は静かに立ち上がり、

「ともかく運びなさい。このおひとは病人だ」

「は、はい」と答えてから、他のふたりの使用人に向かって、「おい、いくぞ」とうながした。

橇が動き出すと、市兵衛は、

「銀さんも一緒にきてくれないかい」と声をかけた。

「へ、へえ」

銀造には断れなかった。空を見上げると、月はすでに厚い雲に隠れ、暗闇からふたたび冷たいものが落ち始めた。

「ずいぶんと遅かったでねえか。外へ探しに行こうかと思っていただよ」

母親のウメは、銀造が戸を開けて入ってくるなり、蓑の雪を落としながらそんな心配ごとを口にした。

「すまねえ。寄合の話が長くなっちまってな」

病人を庄屋の家形へ運んでいたのだとは銀造には言えなかった。ましてその病人は異人なのだ。いまは……、いやこの先も、そんなことは何があっても話題にはできない。蓑と笠を戸口のそばにかけながら、銀造はそう心に決めていた。

板の間に上がりながら、銀造は、「おやじは？」とウメに訊《き》いた。

「熱はな、ちょっと治まったようだあ。さっき声かけたら、少し腹が減ったなんどと言うてた」

「そうか、よかった。寄合に出ていても気になってたんでな」

銀造は奥をのぞき込むようにしながらそう言うと、

「ああ、そうだ。庄屋さまから、これをおやじにってな、いただいてきた」

懐のものを取り出して渡そうとすると、

「ありがてえなあ」とウメは小さく手を合わせた。

その夜、家形での出来事が幾度となく頭をめぐり、銀造はなかなか寝つけなかった。

雪の中、橇を先に行かせてから、市兵衛は銀造に、共に家形に来るようにうながした。それは、ただ単に大変だったと労るためだけではないと銀造には感じられた。

使用人たちが運んできた病人を目にしたとき、市兵衛の妻のマツや家人は驚きの色を隠さなかった。それと同時に、その病人が発する独特の臭気に近いものに顔をしかめた。

市兵衛はすぐに部屋を用意させ、冷えている室内を暖めるように告げた。それから、普段市兵衛がかかりつけにしている医者を使用人に呼びにやらせた。医者が来るまでの間に、市兵衛は別の部屋に家族と残った使用人、それに銀造を集めた。それぞれが座に着くのを待ってから、

「さて、どうしたものか」

目を閉じた市兵衛が何を思案しているのか測《はか》りかね、しばらくは誰も口を開かなかった。

「病気なんだから、養生所へ連れて行くのがやはりええと思いますけどな」

最初にそう提案したのはマツだった。

「わたしもそう思います」と同意したのは娘のキヌである。

「確かに、明日出て行けとは言えんでしょうけど、いつまでもここに置いておくというわけには……。なあ」

長男の弥助が、隣にいる自分の妻に目配せしながら言葉を継いだ。その声を聞くと、みな一様に、そうだというようにうなずいた。

「とにかく、桂庵先生の診立《みた》てをうかがってからの話になるね」

市兵衛がそう結んだ時、旦那さま、ただいま戻りました、と使用人の声が響いた。

「先生が見えられたようだな。弥助と佐平は一緒にきておくれ。キヌは湯の用意を」

はい、と応えると、三人は市兵衛に合わせて席を立った。数人が部屋に残されたが、すぐにマツは、「もいちど茶を入れようかね」と長男の嫁をうながして腰を上げた。

桂庵の診立ては長引いているようだった。重い病なら、なおさらのことこの家形へ置くわけにもいくまい。数日後には、養生所へ移せる程度まで回復しているだろう。そうなれば、その先銀造に声がかかるとは思えなかった。

マツに勧められた火桶に手をかざしていても、部屋の空気はやはり身にしみてくる。二度目に入った厠から戻ってくると、市兵衛が桂庵に礼を述べている声が響いてきた。終わったようだな。銀造は内心ほっとしていた。廊下を戻りながら、市兵衛が弥助と佐平に何ごとかを話しかけているようだ。弥助がまた使用人たちに声をかけたらしく、あわただしい足音が近づいてきた。銀造は火桶のそばを離れ、元の座に戻って居ずまいを正した。

市兵衛は部屋に入ると、

「銀さん、すまなかったね。長くなってしまった」

「い、いえ」と銀造は頭を下げた。

先刻まで部屋にいた者がみな座に着くと、

「桂庵先生の診立てのことを、みなに少し話しておこうと思ってね」

市兵衛は、診立てでは重病を患っているとは思えないこと、数日中には顔色もよくなってくるだろう、と桂庵が話したことをかいつまんで伝えた。それがすむと、みな遅くまでご苦労だったね、もう寝《やす》んでおくれ、と言葉をかけた。

みなが退出し、銀造も同じように座を立とうとすると、

「銀さん、ちょっと待ってくれないかい」

市兵衛はそう言ってから、佐平に襖《ふすま》を閉めるようにうながした。自分が残されるとは考えてもいなかったので、

「え、あ、あの」と銀造はとまどった口調になった。

坐り直した銀造に、「実はね、銀さん」と市兵衛は声をひそめた。

今夜の出来事は本当だったのだろうか。銀造は薄い布団の中で考えていた。先ほどまで戸口をきしませていた風の音は少し収まってきている。

市兵衛の家形を後にしたころから風が強くなり、細かい雪が頬に吹きつけてきた。それは冷たさではなく、むしろ痛みに近い感覚だった。

いま、この先のことを考えても仕方がねえ。しかし……。

銀造は異人に気づいた道を辿りながら、半ば後悔に近い想いに苛《さいな》まれていた。あのまま見殺しにした方がよかったのか。気づかなかったのだ。わしは何も見なかったのだ。そう自分に言い訳して家に帰っていれば、これまでと同じように日は過ぎていったろう。なるほど、しばらくは気に病むかもしれない。だが、そんなことは忙しい野良《のら》仕事の間に忘れてしまうに違いなかったはずだ。

ふと寝返りをうった銀造の頭に固いものが触れた。市兵衛が、決して中を開けないようにと強く言い置いてから、あの部屋で銀造に渡したものである。家の者に知られぬようにと布団の下に隠したそれが何であるのか、銀造には見当さえつかなかった。

数日が過ぎたころ、銀造が板の間で縄を綯《な》っていると、そこへ佐平が顔をみせた。そのとき、仙造はちょうど厠《かわや》へ立っていた。佐平は、今夜庄屋さまの家形を訪ねてほしいと銀造に伝え、戸口辺りで外の様子を窺うように眺めてから姿を消した。あれを忘れぬようにな、とひと言つけ加えた佐平の表情には、どこか気難しいものが浮かんでいた。佐平が帰った後、懐の固い紙包みを確かめた銀造の手はかすかに震えた。

「持ってきてくれたかい」

小さな座敷に通された銀造は、市兵衛から訊《き》かれて、「へえ、ここに」と先日渡された紙包みを返した。市兵衛は、変わりがないか確かめるような手つきでそれを扱うと、そのまま懐に収めた。

「少しやっかいなことになった」

市兵衛の隣には弥助と佐平が控えている。そのどちらも、先ほどから固い表情を崩していない。銀造は、自分が何か危ういことに関わってしまったのではないかと不安になった。

「桂庵先生に養生所へのつなぎをお願いしたのだが」

言いかけて、市兵衛はそこで小さなため息をついた。わずかに間をおいたあとで、

「これのことは（と、市兵衛は着物の上から押さえながら）桂庵先生もご存知なのだよ、銀さ

ん」と、上目遣いになった。

銀造は思わず、「それは、あの」と声を洩《も》らした。

その様子を見てとると、わずかに後ろへ顔を向け、

「ふたりともいいね」と念を押すような口調になった。

「はい」

その返事にはある種の覚悟が感じられた。市兵衛は懐を探って紙包みを取り出すと、弥助が差し出した刃物で包みを切り裂いた。折りたたまれた白い布を受け取って畳の上に広げ、包まれていたものを伸ばすように静かに置いた。

細かく編まれた鎖の先には、変わった形の飾りがついている。

「これはいったい、何なので」と、銀造は不思議そうな面持ちで顔を上げた。

「わたしも初めて見るものだったんだよ、銀さん。確か、ロザ……」

市兵衛が小首をかしげると、弥助が「ロザリオとか……」と言い添えた。

「ああ、そうだ。そんな名前だったな」

「数珠《じゅず》……ですかね」

銀造の目には仏具の類《たぐい》に映ったのだ。

「似たようなものかもしれないね」

市兵衛はそう言ってから、

「あのおひとは、倒れていた日にもこれを首にかけていたのだ。そして、わたしはすぐにその病人が誰なのか気がついたのだよ」

銀造は、えっ、と息を詰めた。

「まさか、庄屋さまが寄合のときに話をされた」

市兵衛は何度か軽くうなずき、

「近在の村の衆が見かけた、耶蘇教《やそきょう》を広めようとしている者というのは、おそらくあのおひとのことだろうね」

だから庄屋さまは、わしに家形へ来るように誘ったのだ。それでも銀造には不思議だった。なるほど、倒れていた病人が耶蘇教を広めている異人だったということはわかった。しかし、耶蘇教の話を抜きにすれば、たまたま異人が病気で雪の中に倒れていたというだけで、そのまま何くれなくすませられる出来事ではなかったのだろうか。

「銀さんが考えていることはわかる」

市兵衛はそう言い置いてから次のような話をした。

桂庵が雪の日に庄屋の家形に呼ばれて異人の身体を触診したとき、ロザリオは隠しようもなくその目に触れた。そして、桂庵もその病人が誰であるかをいやでも知ることになったのだ。異人が着ていた衣服は、寸足らずではあったが、あり合わせの着物に替えられていた。ロザリオは当然マツやキヌの目にも留まったはずだが、ことさら話題にものぼらなかったことからすれば、それは単なるお守りとしか見えなかったのだろう。桂庵が視線をそらすようにしながら市兵衛へ顔をやったとき、ふたりには互いの胸の内が察せられた。

かつて信長公は、エスパニアやポルトガルから渡ってきた宣教師達が教会を建てることを容認された。秀吉公も、最初から切支丹《キリシタン》に厳しかったわけではない。様々な臆測が飛び交い、加えて各藩からの上奏が行われて、やむなく禁制《きんぜい》を発布することとなったのだろう。家康公も、その表向きはどうあれ、伴天連《バテレン》にも会われていたと耳にしたことがある。そのゆえもあって、三十年ほど前までは、この地のような雪国にまで厳しい手が伸ばされることはなかった。だが、各地で徐々に信者が増えていくことを憂慮する声が、次第に幕閣の間で大勢を占めるように変わっていった。貿易による国富を唱える者もあったようだが、このまま切支丹を野放しにすれば、いずれ亡国の憂き目をみるは必定との評定《ひょうじょう》が最終的に下されたのだ。数年前のあの天草の乱が口火となって、切支丹に対する目もそれまで以上に厳しくなった。伴天連の国外追放が叫ばれ、長崎の地で処刑された布教者や信者も相当な数に上った。それがためもあって、ほとんどその根は断たれたと考えられていたのだが、あの異人のように、追及の手を逃れ、闇に潜みながら布教を続ける者が残っていたのだ。市兵衛にはその間の詳しい事情も布教の方途もわからない。ただ、布教者が在留していたというその現実が目の前にある。死罪に価する者をかくまった事実を突きつけられたなら、市兵衛のみならず、一族ことごとくが罪に列せられるだろう。たとえ、単に病人として放置しておけず、異人ということは承知していても、人の情として世話をいたしました、と仮にそう訴えても、尤もなことである、と了知されるとはとても考えられないのだ。それが予測できるからこそ、かの異人を養生所へ入所させる前につなぎを取ろうと思案したのだが、そんなことを誰も見逃してくれるはずがない。いや、それどころか、どこかで密告され、関わりを持つ前に断罪されるに決まっている。

そこで、と市兵衛は一旦口を開きかけたが、

「いや、これはまた折をみてのことにしよう」そう言って話を終えた。

見送られて玄関までの廊下を歩きながら、銀造はふと、家形の中に異人のあの独特の臭いが籠もっていないことに気づいた。

庄屋さまはここにはもうあの男を置かれてはいないのだ。先ほどの話では、養生所へも用心

して入所させていないようだが、それならあの異人はどこへ行ったのだろう。庄屋の家形を出てからも、銀造はしばらくそんなことに思いを巡らせていた。

風はなかったが、夜気はいつになく冷たく感じられた。山々は黒い闇に沈んでいる。空を仰ぐと、重く澱んだ暗鬱な雲が時折稲妻を走らせた。今夜はまた雪になるだろう。家人への言い訳を考えながら、銀造の足は速くなった。

II

「着いたよ、銀さん」

市兵衛は銀造をわずかに振り返り、前方の薄暗い木立の辺りを指し示した。

慣れぬ山道は銀造の息を切らせていた。市兵衛からはそんな様子が感じられないのが不思議だった。足を止めると、銀造は傍らの樹木に手をかけた。樹々の緑はようやく濃くなりつつあった。木の間を抜けてくる薄日が市兵衛の背で揺れている。

「すまないね。疲れただろう」

労るように声をかけると、水音のする竹筒を弥助から受け取って銀造に渡した。ひと口飲んだあとで、銀造は、

「庄屋さまは、本当にお元気で……」

「わたしも最初はつらかったよ。いまは少し身体が慣れたようだがね」

市兵衛は笠の下で目を細めて笑った。

先に立っていた佐平は、市兵衛の邪魔にならぬようにと、時々小ぶりの斧であたりを払っている。市兵衛が歩を進めようとした時、佐平がふいと足を止めた。

「どうしたんだね、佐平」

怪訝そうに尋ねた市兵衛に、

「あ、いえ、近くで何か物音がしたような気が……」

「猪かな？　用心した方がいいね」

「はい」

佐平はそう応えながら、音がした辺りを確かめるように振り返った。

前を行く三人が立ち止まった先に、簡易な作りの板戸が現れた。銀造はそこが背丈ほどの高さがある洞窟になっていることに気づいた。

「これを探すのにも苦労したよ」

市兵衛が山林を所有しているとは聞いたことがない。おそらくは樵《きこり》の誰かが口をきいてくれたのだろう。市兵衛が苦労したというのだから、入山を認めた所有者は、何のために市兵衛がそれを依頼したのかは知らなかったに違いない。知ればかたくなに申し出を拒んだはずだ。

戸口に近寄ると、市兵衛は何度か軽く板戸を叩いた。

「入りますよ」

市兵衛が挨拶のように呼びかけると、

「オマチクダサイ」と中から声が響いた。銀造は自分の聞き違いではないかと疑った。この国の言葉が返ってくるとは考えてもいなかったのだ。

「あ、あの……庄屋さま」

市兵衛は口元を少し緩めると、

「驚いただろう？」と銀造を振り返った。

「わたしたちの言葉が話せるらしい」

目を丸くした銀造の様子がおかしかったのか、市兵衛は小さな笑い声を立てた。

用心のために閂《かんぬき》が掛けられているらしく、中で横木を外す音がした。

かなりかがんだ姿勢で異人の男は顔を見せ、「ヨウコソ」と微笑した。髪は全体が明るい茶色のようだ。あのころより髭がかなり伸びている。

「ドウゾ」と男は四人を中に招き入れた。入り口は低く、やや小柄な市兵衛でさえ頭上に気を配っている。内部は相応の高さがあるようだが、それでも異人の男にとっては窮屈に違いない。

「パーデレ」と市兵衛は慣れない口調で異人に話しかけ、

「これが」とわずかに銀造に顔を向けた。

「アナタガ、ギンゾウサンデスネ」

上目遣いになりながら、銀造は口もきけずに、ただこくりとうなずいただけである。

パーデレと呼ばれた異人はおだやかな笑みを浮かべ、

「スコシ、ツライデス。スワリマショウ」と市兵衛たちをうながした。

異人は市兵衛に奥の座を譲って脇へ移ると、辛い様子も見せずに正座の姿勢をとった。

五人が囲んだ中ほどには浅い囲炉裏《いろり》が掘られている。おそらくは、弥助と佐平が慣れない手で作り上げたに違いなかった。あちこちに荒削りの鑿跡《のみあと》が残っている。

それからしばらくして異人は、おだやかだが真剣なまなざしで市兵衛に話しかけた。

「オネガイガ、アリマス」

「何なりと」

「ギンゾウサンノタメニ、スコシ、イノラセテ、モラエマセンカ」

市兵衛はその申し出に驚いた様子をみせたが、すぐに、

「パーデレがお望みなら」と静かにうなずいた。

「アリガトウ、ゴザイマス」

異人は少し頭を下げ、背を伸ばすようにして銀造に対した。

「ギンゾウサン、ワタシノナマエハ、ぴえらト、イイマス。アナタノタメニ、オイノリヲ、サセテクダサイ」

ピエラはそう言うと、膝立ちになって暗い岩壁《いわかべ》へと向きを変え、胸のあたりで両手を組んだ。

「庄屋さま……」と困り果てた顔で銀造は市兵衛を振り返った。

「いいのだよ、銀さん。そのままお受けなさい」

言ったあとで、市兵衛はややうつむきかげんに目を閉じた。弥助と佐平も同じように目をつむっている。ピエラは先ほどから、何ごとかを静かにつぶやき続けている。その姿が、銀造にはなぜか見てはならぬもののように感じられ、あわてて強くまぶたを閉じた。それから少し後、オワリマシタ、というピエラの声で銀造は我に返った。

「ギンゾウサン、でうすサマガ、ワタシノモトへ、アナタヲツカワサレタノデス。ソノオミチビキガナケレバ、イマノワタシハアリマセンデシタ」

そう言ったピエラの目は、薄暗い部屋の中でも澄んで見えた。しかし、銀造にはピエラが何を話しているのかわからなかった。

デウス？　それは誰のことだ。

お前さまを運んだのはそんなおひとではねえ。庄屋さまがお家形へ連れていかれ、桂庵先生を呼ばれて手当てをされたのだ。わしがお前さまを見つけたとき、誰もそばにはいなかった。ましてや、誰かが先にわしに声をかけて、あそこに倒れている病人がいるから助けに行ってやってくれと頼んだわけでもねえ。

囲炉裏の中で小さな炎を上げている小枝が、時折はぜたような音を立てた。炎はピエラの横顔を揺らしながら、背後の壁をおだやかに照らしている。

わしの家にも粗末な仏壇がある。おやじやおふくろは朝夕必ずその前で手を合わせている。だが、貧乏百姓のところへ坊様が訪れることはねえ。布施など受け取れないとわかっているから、自然と大きな檀家へ足が向くようになる。そんなことは当たり前のことだとおやじは言っていたし、そうしたものなのだとわしも合点していた。それなのにこのひとは、ただの百姓にすぎないわしのために祈ると言った。なぜなのだ。確かにわしはこのひとの命を助けるきっかけにはなったかもしれねえ。しかしそのとき、わしはただ驚いてなんとかしなければと夢中だっただけだ。

だが……。このひとは、わしが庄屋さまのところから帰る道すがら、見捨てた方がよかったのではないかと考えていたことなど、露ほども想っていないに違いない。

「コレカラモ、ワタシハ、ギンゾウサンノタメニ、イノリマショウ」

ピエラのその言葉に、銀造はどう答えてよいのかわからなかった。わしは、あなたに祈ってもらえるような立派な人間じゃねえです。どうかすると、すぐに自分のことばかり考える弱い男だ。祈るなら、庄屋さまのために祈ってくだせえ。

庄屋さまはこんなわしと違って偉い方だ。探すさえ大変だったこの住まいを急ごしらえで用意なさった。わしに大声で怒鳴った佐平さんでさえ、一刻も早く仕上げようと懸命だったろう。おそらく庄屋さまは、わしが巻き添えになることを懸念されて、このひとにわしのことを秘密にされていたのだ。何かのきっかけでわしの名が話に出たとき、このひとは是非にとこのわしに会うことを望んだに違いない。そして、庄屋さまも迷われたあげく、やむなく承知してわしをここへ案内したのだ。

ギンゾウサンノタメニ、イノリマショウ。

ピエラがそう言ったとき、銀造はただ、「あ、あの……」と答えるのが精一杯だった。

ふたりの様子に黙していた市兵衛は、頃合いとみて、パーデレ、と声をかけた。

「それでは、わたしどもはこれで」

市兵衛が腰を上げると、弥助と佐平も同じように座を外した。銀造もあわてて二、三度ピエラに頭を下げて立ち上がった。

「お持ちしたものは、先ほど供の者があちらへ」

市兵衛は、わずかに首をめぐらせて洞窟の奥あたりに目をやった。そこは、三尺四方ほどの板張りで覆われている。板張りの奥には更に狭い洞窟が続いているのだ。そこなら、季節にかかわりなくほぼ同じ気温が保たれている。傷みやすい野菜には適していると市兵衛は考えたのだろう。

「イツモ、アリガトウゴザイマス」

天井を気づかいながらピエラは礼を言い、それから、

「ギンゾウサン」と呼びかけた。

「あ、はい」と銀造はつい口ごもるように応えた。

「ドウカ、コレヲ、オモチクダサイ」

ピエラは手の中に収まるような薄い木の箱を銀造に差し出した。

「え、あの」

困惑して振り返ると、市兵衛が静かにうなずいた。

「あ、はい。では……」

銀造は小さな木箱を両手で受け取ると、思わず額に押し当てるようなしぐさになった。その中にあるものが何なのかは知りようもない。しかし、それはピエラが大切に保管していた品である。その場で開けることは銀造にはできなかった。

板戸の前で暇《いとま》を告げて山道を下《お》り始めたあとも、ピエラがじっと立ったまま四人を見送っているように銀造には感じられた。


「これには、いったい何が入っているんで……」

庄屋の家形へ戻り、小狭な部屋へ通された銀造は、そっと市兵衛の前へ木箱を置いた。

市兵衛は木箱を手に取ると、

「さあ、何だろうね」と言ったあとで銀造に、

「これは銀さんに渡されたものだが、わたしが開けてもいいのかい」

「お願《ねげ》えします。わしはなんだかおっかなくて」

市兵衛はその口調がおかしかったのか、はは、と笑ってから、

「お前さんたちも見るかい」と傍らの弥助と佐平に声をかけた。

「銀さんもそばへお寄り」と誘ってから木箱に手をかけると、弥助たちはさらに顔を近づけて目をこらした。

「何だろうね、これは……。何かの彫り物のようだが。人の姿を彫ってあるのかな」

色は朱に近く、縦長の薄い形をしている。丁寧に磨き上げられ、どこか明かりが抜けるように感じられる。

人の姿であるのは確かのようだ。左右の両腕を上に広げ、その顔はややうなだれている。

市兵衛は思い出したように、弥助、と声をかけた。

「確か天眼鏡《てんがんきょう》があったと思うんだが、ここへ持ってきておくれ」

「分かりました」と弥助が部屋を出て行くと、

「これは、パーデレが銀さんにとくださったものだ。だから、大切にしなきゃいけないよ」

諭すように市兵衛に言われて、銀造はかしこまった顔で頭を下げた。

戻ってきた弥助が、

「これでよろしいので？」と確かめると、

市兵衛はうなずいて塗り箱を受け取り、中から天眼鏡を取り出した。

「お前たちもわたしの後ろにきてごらん」とうながされて、三人は市兵衛の背後に回った。

市兵衛が天眼鏡を木箱の彫り物にかざすと、人の像が大きく浮かび上がった。銀造にはそれがなんとも不思議でならなかった。

「これは……」と市兵衛は手を止め、

「たいした職人わざだねえ」と驚きの声を上げた。

頭にかぶっているものには、小さな棘さえ彫り込まれている。大変な苦労をして作り上げられたものだ、と話したあとで、市兵衛は、

「それにしても……」とつぶやくように言った。

「このおひとは、どうしてこんな苦しげな、哀しそうな顔をしているんだろうね」

それは、誰にともつかない問いかけだった。

III

「どうした。鍬《くわ》が止まっとるぞ」

銀造は傍らから声をかけられて、「ああ、すまねえ」と仙造を振り返った。

「何ぞあったか」

陽射しを受けて土の上に濃い影を落としている仙造の顔は、どこかしら普段よりも老いてみえた。百姓仕事でただただ懸命に働き、それでも、自分が口にできるのは、ほんのわずかの麦飯と青菜だけという暮らしを背負いながら生きてきた父親の姿を、何にたとえればよいのか、銀造には言葉が見つからなかった。

「おめえ、嫁っこでも欲しゅうなったか」

仙造はわずかに笑って目を細めた。

「そんなんじゃねえ」

銀造はあわててその言葉を打ち消すと、また手にした鍬に力を込めて土を起こし始めた。

パーデレはいま、どうされているだろう。

陽の照りつける日中に鍬を持つ手が止まったのは、ふとその想いが胸をよぎったからだ。市兵衛とともにピエラを訪ねてからもうふた月あまりが過ぎている。銀造は、自分がピエラのことを考えるときに、いつしか市兵衛と同様に『パーデレ』と呼びかけていることに気づいていた。

庄屋さまは変わりなく日を決めてパーデレを訪ねておられるのだろうな。声はかからぬが、それはむしろこのわしを気づかってのことに違いない。野良に出ているとき、銀造はあの小さな木箱を縫いつけた細い帯をいつも腰のあたりに巻いていた。家人に知られたくないのはむろんだが、それを身につけていると、不思議な安堵感のようなものが心を包むのだった。

畑仕事を終えたあと、家族三人でこうして囲炉裏を囲みながら粥《かゆ》をすすっていると、せめて、わしのほかにもうひとり子供がいたなら、ふた親にとっては話し相手にもなるだろうに……、と銀造にはそんな思いが湧いてくる。

ウメに子ができなかったわけではない。銀造は三番目の子供だった。最初は娘だったが、一歳にもならぬうちに病にかかった。その子が亡くなったあと、半年ほど経って子ができた。しかし、冬の寒さがウメの体調を悪くした。そのあげく、流産でその子を亡くした。ウメの話では、もう子供はあきらめていたらしい。銀造が生まれると、仙造は半年の間、毎日のように村の小さな神社に足を運んだ。ウメでさえ、仙造のその切なる思いを知ったのは、銀造が五歳になってからのことだったという。

銀造のあとにもう一度子ができたが、その子は息のないまま生まれてきた。ウメはそれ以降、子を持とうとする気持ちを失った。

幸い、銀造はよく食べる子供だった。村では、食の細い子供は育たないというのが言い伝えになっていたので、仙造もウメも、自分たちの分を差しおいてでも、銀造が食べてくれることを喜んでいたのである。

「銀造……」

食事の手を止めて仙造が声をかけた。うん、と生返事で応えると、

「昼の話な、ウメにも言ったんだけども、おめえにその気があるんなら、嫁っこもらってもええぞ。なあに、嫁っこひとりふえたって食べることはなんとでもなる。それにな、わしもウメも、いつまでも身体が丈夫というわけにゃあいかねえ。いずれは誰かの世話になる。そんとき

に、おめえひとりじゃどうにもならねえ」

銀造が箸を動かしながらウメの方に目をやると、何度も小さくうなずいている。

「まあ、急ぐ話じゃねえが……」

口ではそう言っているが、それは仙造の本当の思いではない。育った子供がひとりしかいないというそのことだけでも、ウメともどもその老いを早めている。還暦にはまだ間があるとはいえ、五十路を半ばも過ぎればもう十分に老人の仲間入りである。この村でも、還暦を迎えられたのはほんの僅かだ。孫がいたなら、せめてもの親孝行になるかもしれない。孫をあやしながらふたりが笑い合っている姿が銀造の目に浮かんだ。

「おやじ」

銀造は箸を下ろすと、

「そんな当てがあるなら、話、進めてくれ」

仙造は、「お？」と顔を上げて目を丸くした。

「いいのか、銀造」

「ああ」

一旦銀造が承知すると話は早かった。相手の娘は隣村の生まれで、名をサヨといった。歳は二十一になったばかりという。

「器量も悪くねえし、働きもんだと。丈夫だってえから、すぐに孫もみられるのお」

話を受けてきた仙造は、むしろ銀造よりも嬉しげだった。

「おやじが嫁もらうみてえだな」

銀造がいくらか皮肉っぽく口にすると、

「ほんとだなあ。子供みてえにはしゃいどる」

そう言いながら銀造を見上げ、

「よう決めてくれたな」

「なげえことすまなんだ、おふくろ」

ウメは仙造の様子に目をやりながら、つぶやくようにうなずいた。

「ええんだ。ええんだ」


嫁入りといっても、サヨはほとんど身ひとつで銀造の家に迎えられた。持参の品といっては、長持とも呼べぬ三尺ほどの木箱ひとつである。そのようなものでさえ、なお贅沢と言ってよかった。大抵は、母親の手に風呂敷包みがひとつあるだけなのだ。

ふた親とサヨのあとを、小さな荷車が続いた。野良仕事に出ていない村人たちが見守る中を、サヨは時折頭を下げて銀造の家へと向かった。商家の嫁入りなどとは比べものにならないささやかなものである。化粧などはしたくともできず、衣装は普段着のような粗末なものであった。婚礼の儀などは執り行われないことが多かったが、これまでもそうしてきたように、庄屋としての市兵衛は、姻戚になる両家の数人を招き、形ばかりの宴席を設けた。他の村では、庄屋自体が貧しく、そのような真似ごとに近いものさえ行われることはなかったのである。

サヨが嫁いでから、銀造の家内にはどこか華やいだ雰囲気が感じられるようになっていた。ウメは女手が増えたことで、いくらかは身を休めることができるようになり、仙造の表情にも、これまでと違って、どこかしらおだやかなものが見られるのだった。そんなある日のこと、

「お前さま」

サヨがどこか不思議そうな顔で声をかけた。

「どうした」

「これ……」

銀造はサヨが手にしているものに目をとめてとまどった。しかし、慌てるような素振りは見

せたくなかった。

「どこにあった」

平静を装いながら何気ない口調で訊くと、

「お床のそばに落ちてましたけど」

そう言ってサヨは手の中の木箱を銀造に差し出した。

嫁いでから三月《みつき》にもならぬサヨは、その言葉遣いも丁寧で初々しさを感じさせた。

「開けたのか」

「箱はあとで見つけました。何かきれいなものだなあと思って……。どこかでいただいたお守りですか？」と疑う様子さえ見せない。

「まあ、そんなものだ」

そう答えたあとで、

「おやじやおふくろにはちょっと内緒にしといてくれ。こんなもん持ってるとわかると、ちょっと恥ずかしいんでな」

「はい」

笑顔でうなずいたサヨには、銀造の言い訳が子供のように映ったに違いない。

その素直さが銀造には嬉しかったが、嫁いだとはいえ、いまだ娘のようなものである。いつふとした話から、木箱の中のものについて口をすべらせてしまうかしれない。そう考えると、銀造の胸の内はおだやかではなかった。

庄屋さまは、これがいったい何なのかご存知だろうか。

銀造は、時々その箱を開けて眺めることがある。周囲にひとがいないことを確かめてからのことだから、それはどこか秘密めいたものに近かった。それでも、ピエラが口にしたあの『デウス』という言葉が何を意味するのか、銀造にはいまもってわからない。パーデレはあのとき、『デウス』がわしにパーデレを助けさせたのだと言われた。しかし、あの日のわしは、そばには誰もいなかったとそう考えた。だが、あれを『仏』と言い換えたならどうだろう。仙造やウメが信じているように、仏の加護だというならまだしも納得できそうに思えてくる。銀造には、ふた親のような信心深さはまだ持てなかった。サヨにはなおさらのことだろう。それでもサヨは、仙造やウメに倣《なら》って、仏壇とも呼べぬものに手を合わせている。おそらく実家でも同じようにつとめてきたに違いない。

その夜、庄屋の家形で寄合があった。最近になって、仙造は昼日中の疲れがなかなか取れなくなっていた。見かねたように銀造は、わしが代わって話を聞いてくる、と父親の代理で加わることにした。稲刈りが月の初めから村のあちこちで始まっており、仙造親子も他の村人の田へと出かけて行くのだ。共同作業のおおよその段取りは、前の月の寄合で決められていた。しかし、仙造のように体調を崩す者が必ず出てくるので、例年、多少入れ替えが行われる。ただ、今夜の寄合に銀造がその役を買って出たのには理由があった。

先月の寄合の際、市兵衛から例の木箱の彫り物を一時借り受けたいとの話があり、その数日後に佐平が受け取りに来た。もちろん木箱はまた銀造に返されていたのだが、市兵衛はそれを半月ほど保管していた。

午時《ひるどき》に、みなが食事をすませて身体を休めているころをみはからって、佐平が何気ない様子で銀造の隣に坐り、「親父さんの代わりに寄合に出てほしいそうだ」と市兵衛からの言伝《ことづて》を小声で話して立ち去った。

その夜の寄合の話は長くはかからなかった。しかし、銀造は衆と一緒に一旦外へ出て、みなが離れ離れになったところでもう一度家形へと引き返した。

「銀さん、悪かったね」

市兵衛は、以前にも使った小狭な座敷へ銀造を通したあとでそう詫びを入れた。

「いいえ、気になさらねえでください」

銀造が家形へ入ったとき、弥助がさりげなく手招きして寄合の席とは別の部屋へ誘い、手短に、寄合が終わったあとでまた戻ってくるようにと伝えていたのだ。

いつものように市兵衛の両隣には弥助と佐平が控えている。

「パーデレが銀さんに渡されたメダイユだがね」と市兵衛は何気なく口を切った。

「あの、メダイ……」

銀造は、すぐにはそれが何のことなのかわからなかった。

「ああ、そうか。銀さんにはまだ話していなかったな」

市兵衛はあごのあたりに手をつけるようにしながらそう言うと、

「あの彫り物は、メダイとか、メダイユというらしい。わたしも半月ほど前にパーデレから伺ったばかりなのだよ、銀さん」

市兵衛はそこで少し間をおいて、

「あれには人の姿が彫られているだろう?」

「はい」

銀造は、市兵衛に対してこれまでのような言葉遣いを改めるようになっていた。気づかうようにと、それとなくサヨから言われていたからである。

「あれが耶蘇の姿らしい」

そう言われても銀造にはよくわからなかった。どこか間の抜けたような顔つきになったらしく、弥助が笑いを押し殺すような表情をみせた。

「銀さんから借りている間に、パーデレから色々な話をお聞きしたのだ。わたしもずっと気にかかっていたのでね。天眼鏡まで持参したと知って、パーデレも驚いておられたよ」

市兵衛は、そのときの様子を想い返すようにうなずいたあとで、

「わたしは、初めてみなと一緒にあの彫り物を見たとき、そこに彫られている人が、どうしてあのような格好でうなだれているのか知らなかった。あれは、その人が死んだ姿なのだよ。それも、ただ死んだのではない。磔《はりつけ》にされて殺されたのだ」

そこまで話してから、市兵衛は弥助が淹れた茶に口をつけた。

「パーデレは、このひとは、この世の人の罪を背負って亡くなられたと言われた。わたしにはパーデレの言われたことはよくわからない。ここにいるわたしたちはみな仏教を信じているし、釈迦が人の罪を背負って亡くなられたなどという説法は聞いたことがないからね。わたしは、パーデレが話を終えられたあとで尋ねたのだ。

『パーデレは、わたしたちがいますぐに切支丹になることをお望みですか？』

パーデレはしばらく黙っておられた。そして、こう言われたのだ。

『わたしにはそのような力はありません。それはただ、デウスさまの御心《みこころ》によるものなのです』

パーデレは、ご自分を売り物にして人を改宗させようとは決してされていないのだ。わたしにはデウスという方についてもよくわからない。しかし、パーデレだけは信じたいと思っているのだよ」

庄屋さまは、なぜあのような話をこのわしにされたのだろう。

市兵衛がそばにいた三人に正直に話したと同じように、耶蘇についても、デウスについても、いまの銀造にはよくわからない。そして、そんな異国の教えよりも、銀造の隣で静かな寝息をたてているサヨの方がよほどいとおしいと思えた。銀造はサヨのそばへと身を寄せ、ふとかすかに目を開けたサヨをそのまま抱きしめた。

Ⅳ

村の稲刈りも残る田はわずかになっていた。数日もすれば穫り入れの作業は終わるだろう。供出の準備はすでに始まっていた。銀造も他の村人とともに近くの田へと出かけていった。

「あと少しだ」

サヨに声をかけて、銀造は麦飯を握ったものを受け取った。

「これでお前さまも楽になれますね」

「ああ。それじゃな、いってくる」

「はい」

そう答えたサヨが手を添えている腰のあたりに目を止めてから、銀造は鎌を手に歩き出した。

サヨの腹部はまだそれほど目立っては見えない。それでも、近いうちに自分が父親になるのだと思うと、これまでにはなかった自覚めいたものが、どこからか湧いてくるのを感じていた。

稲刈りに加わっていても、自然と動きが引き締まってくるのである。

午時《ひるどき》に握り飯を頬ばっていると、隣家の娘が茶を運んできた。銀造が頭を下げて茶碗を手に取ると、

「赤んぼできたってなあ」と笑顔で話しかけてきた。

「あ、いや、まだはっきりとは……」

いくらか照れくさい思いでそう答えると、

「ウメさんがひどう喜んでたよ。いまの時期大事にせにゃね」

「ああ、ありがとうな」

生まれてくる子供が男でも女でも、元気でありゃあそれでいい。銀造もそう考えてみるのだが、やはり男親としては、男の子ならなおいいな、という想いに傾く。

銀造がまだ幼い頃に仙造が作ってくれた竹馬は、まだ捨てずに残っているはずだ。じじのこさえた馬っこだ。そう言ってやったら、仙造も嬉しそうに乗り方を教えるだろう。家の周囲を声を上げながら走りまわっている子供の姿が、もうすでに現実であるかのように銀造には思えてくる。

親馬鹿ってのはこういうことに違《ちげ》えねえ。

そろそろ日が暮れかけていた。

「もう、上がろうかい」

仲間内のひとりがみなに声をかけている。そのとき、薄暗くなりかけた畦道を、誰かがこちらへと小走りに駆けてくるのが見えた。近づくにつれて、それが午時に茶を差し入れてくれた娘だとわかった。

「なあにをあわててんだ？　若い衆《しゅ》なんぞここにゃいねえぞ」

ひとりが言うと、みなが合わせたように笑い声を上げた。

「大変だあ」

叫びながら、娘は銀造のそばへと駆け寄った。娘の様子がただごとではないことに気づいて、みなが周りへ集まってきた。

娘は息を切らせながら身体を曲げ、

「おサヨさんが、おサヨさんが……」

銀造に訴えかけるような声だった。

「サヨがどうした」

銀造の声は半ば怒鳴っているように響いた。

「稲の下敷きに……」

「何だと！」

「みんながお家《うち》の方へ運ん……」あとの言葉は声にならなかった。

聞くなり銀造は駆け出していた。

銀造の家の前には数人が群がっていた。その人だかりを押しのけるように銀造は中へ飛び込んだ。

サヨは家の奥に寝かされていた。そのそばに仙造とウメが心配げに坐っている。脈をとっていたサヨの手を元へ戻し、こちらを静かに振り返ったのは桂庵だった。

「先生……」

そのまま銀造は力なく膝を折った。

桂庵は顔を曇らせて息をつくと、

「子供のことは、残念だが……」

銀造はうつむいて歯を喰いしばり、両のこぶしを握りしめた。知らずその肩が震えた。

桂庵は仙造に、三日経ったらまた薬を取りに来るようにと伝えて座を立った。それからふと銀造に目をやったが、あえて声をかけまいとしている様子で三和土《たたき》へ降りた。

「おやじ、おふくろ、何があった」

戸口のあたりから人影が消えた頃、銀造は気が抜けたような声で訊いた。

「あしが悪いんだ」

言いながら、ウメは深い息をついた。

「それじゃ、わからねえ」

銀造の声は思わず荒くなった。

それを聞くと、仙造は己の思いを抑えるように、「銀造……」とつぶやくように言ってから、村の衆に聞いたという話を口にした。


稲を積んだ荷車が畦道を曲がろうとしていたときだった。後ろで車を押していた村の若い衆が足を滑らせ、そばの田の中へ転がり落ちたのである。それを見ていたのは、やや離れたところにいた村人だった。荷車を引いていた男は、後方で上がった声を耳にして車を停めた。そのとき、どうしたはずみか、積んでいた稲を縛っていた縄がほどけて稲が崩れたのである。稲は、偶然そばを通りかかった若い女の上に、塊のような状態でおおいかぶさった。女は不意打ちをくらってよけることもできなかったようだ。身をかばう姿勢さえとれぬままに畦道に身体をたたきつけられた。女の悲鳴に驚いた男ふたりは、あわてて車の横に回り、女の上にかぶさっている稲を払うように取り除いた。しかし、女は息を切らせて苦しげな声を上げている。

「誰か、手を貸してくれえ」

男のひとりが叫ぶように呼びかけると、声を聞きつけた村人が数人こちらへと駆けてきた。そして、薄暗がりの中で女の顔を確かめると、村人のひとりが声を上げた。

「銀造んとこのおサヨさんじゃねえか」


「どうしてサヨがそんなところにいたんだ、おやじ」

父親の話が終わると、銀造は問い詰めるように言った。

「あしが……」

ウメが引き取るように口を開いた。

「あしが、じさまのことが気がかりだから、様子を見にいってくれとサヨに頼んだんだ。ここんところ、身体があまりよく動かねえっていうから、心配になって……。いつもならもう帰ってきてもいい頃合いだったたんでな」

穫り入れが始まって半ばも過ぎた頃から、身体が重いと仙造がこぼしていたことを銀造は知っていた。仙造自身もそれを気づかって、たいていは午過ぎから出かけるようにしていた。この日も、夕刻近く、仙造は畦道のふちに腰かけ、疲れた身体を休ませていたのである。

話を聞かされた銀造には、ふた親をそれ以上責めることができなかった。しかし、その場の重苦しさに耐えられず、銀造は裸足のまま外へ飛び出した。

一町ほど走ったところに、やや幅の広い小川があった。銀造はその流れの前に頭を垂れて坐り込んだ。

帰り遅れた数羽の鳥が、闇に染まった空を鳴きながら渉《わた》っていく。

「何か食べねば……」

銀造が力ない足取りで戻ったあと、ウメがそう声をかけたが、いまは何ひとつ口に入れる気になれなかった。

「いらねえ」

銀造のその声で、サヨがうっすらと目をあけた。桂庵は、痛み止めの薬草に眠り薬を混ぜて処方していたのだが、それがいま切れたらしかった。

「お前さま……」

「サヨ」

「あの……」

「すまねえ、サヨ。子供は……、だめだった」

銀造の言葉を聞くと、サヨはわずかに顔を横に向けた。開けたままじっと一点をみつめているその目からは、あふれるように熱いものがこぼれ続けた。

米の供出のための作業は、やや大きな敷地を持っている百姓家で進められる。銀造も近くの家でその作業を手伝い、手元が暗くなる頃には戻ってくるのである。しかし、畑を持っている家は、野菜を放置しておくわけにはいかないので、交代で畑に出て行くことになる。その日、銀造親子は畑に出ていた。しかし、鍬を振るっていても、銀造の手はしばしば止まった。仙造も同じ畑で雑草を抜いているのだが、ふたりとも黙り込んだままで身体を動かし、声をかけ合うことなく家路についた。時々、仙造は何かを言いたげに口を動かすことがあったが、結局言葉にならずに、またそのまま押し黙った。

これまでは時折ウメも野良に顔を見せていたが、いまはサヨに付きっきりといってよかった。流産がどのようなものかを身をもって知っているだけに、なおさら気がかりだったのだろう。後日、銀造がウメから聞いた話では、サヨはウメに恨み言のひとつも口にしなかったという。あるいは、それはサヨの心からのものではなかったかもしれない。ウメが仙造の身を案じたことはごく当たり前のことだったし、それを素直に受けたサヨにも殊《こと》に気重な思いはなかっただろう。それでも、その結果として我が身に降りかかった災難を、胸の内では誰かのせいにしたかったのではないか。そんな思いのなかでも、銀造が外から戻ってくると、サヨは決まって身を起こし、何かしら声をかけようとする。

「サヨ、わしに気づかいなんかせんでもいい。そんなんじゃ、かえっておめえの身がもたねえ。元気になりゃ、またみんなで働ける」

銀造がそう言うと、仙造もそばへきて胡坐《あぐら》をかき、「そうだ。そうだ」とうなずきながら相槌を打った。

「はい……」

サヨはかすかな笑みを口元に浮かべて応えた。

いつごろからだろう。

銀造は、時折メダイユの入った箱を手にしながら、ふとそう思うことがある。いつとははっきり覚えがなかった。サヨが流産してから間もなくのことだったろうか。市兵衛の話を聞き、ピエラのことを思い出すことはあっても、銀造には、いまなお切支丹になろうという思いは湧いてこなかった。ただ、なぜかしら、そこに彫られているのは苦痛に身をゆだねている姿であるにもかかわらず、銀造に何かを語りかけてくるように感じられることがあるのだ。その想いは、銀造自身にもよくわからなかった。

そんなある日、銀造は家の裏手の壁に背をもたせかけ、坐りこんだままメダイユを見ていた。そこは、ちょうど背丈ほどの雑木《ぞうぎ》が垣根代わりになっていたのである。

「お前さま」

いきなり声をかけられて、銀造は思わず箱を落としそうになった。サヨが自分のそばに来ていたことなど、まったく気づかずにいたのである。銀造の慌てぶりがおかしかったのか、サヨは口元に手を当てて笑っている。

「おばばさまが、お話があるって言ってますけど」

そう銀造に伝えたあとも、小さな含み笑いを抑えられないでいるようだった。

声をかけられて驚きながらも、銀造は、サヨがことさらメダイユを不審がらないことに、どことなく安心感を覚えていた。そしてまた、身体がほぼ回復してからも、サヨはあの日のことに触れようとはしなかった。

ウメがことさら銀造に話があるというのは珍しいことだった。これといって小言を言われるような覚えがなかったからだ。

「サヨにはもう言ったんだが……」

目の前の箕《み》の中から豆殻を選り分けながら、ウメは視線を落とすようにして口を開いた。ん、とだけ言葉を返しながら、銀造は、ウメがいくらか話しづらそうな様子でいるのが気にかかった。

「サヨの身体のことは、あしもじさまも心配でな」

そう言ったあとで、すぐさま、「もちろん、おめえも同じだろがな」とつけ加えた。

「ああ」

ウメの隣に腰を下ろすと、豆殻を指先でつまんで眺めながら銀造はうなずいた。

「それでな……」

もどかしいウメの口ぶりも、いまの銀造はそれほど気にとめなかった。歳をとって考えが鈍ったと思いがちだが、本当は、あれこれと想いが先に立って、はっきりとものが言えなくなるものなのだということに、ようやく銀造は気づくようになっていた。

「あしも、何人も子供亡くしてっから……」

言いながらウメは言葉を詰まらせた。

それからまた、ウメは気を取り直したように、

「サヨの身体のことを考えるとな……」

そこまで聞くと、銀造はできるだけ自分を抑えながら、

「わかった、おふくろ。子供のことはもう少し先になってから考える。サヨもそれでいいと言ったんだろうからな」

何度もうなずいているウメの横顔を見やりながら、親としてこれを切り出すには、ずいぶん悩んだろうと銀造は思った。夫婦の間に、ことにまだ若いふたりの間に割って入り、つらい選択を迫ることになるからだ。しかし銀造は、流産は一度起きると繰り返すことが多いものだと聞いていた。

サヨを二度とあんな目にあわせるわけにはいかねえ。

V

昨夜から降り続いていた雨は、今朝方になってようやく上がったが、野良の青物にはかえってよかったと仙造は喜んでいた。

十日余りも陽射しの強い日が続くと、幸い畑のすぐそばを用水が流れているとはいえ、天秤《てんびん》棒《ぼう》で繰り返し水桶を運ぶ作業は、ときには一息入れなければ続かなかった。それでも、柄杓《ひしゃく》で水をかけると、白っぽい土が黒々として生き返ったように見えてくる。銀造にはそれが嬉しかった。確かに、立派なものに育つほど、それは物成《ものなり》として納めなければならない。屑にも等しいものだけを残し、それを自分たちの食料とすることになるのだ。それに不平を言うことは、むしろ愚かなことだった。

青物は元気がなさそうだが、不思議に雑草だけは枯れるような様子は見せない。畑の端に近いところで、サヨはその雑草を取り除いている。銀造はしゃがんだ姿勢のサヨを時折振り返った。少しでも野良に出たいというので、あえて反対しないでいるのだが、もちろん水桶を担がせるようなことはさせられない。流産から半年が過ぎようとしているものの、できるだけ負担にならぬ作業を手伝わせるようにしていた。互いに言葉を交わす暇《いとま》もなかったが、サヨが同じ場所にいてくれるだけでも、銀造は何かしら心が満たされるのを感じていた。

「雨のあとは滑るからね」

先に市兵衛からそう言われて用心していたのだが、銀造はしばしば足が流されて近くの枝をつかんだ。

この日の供はなぜか弥助だけだった。その弥助も小籠さえ背負っていない。

覚えのある洞窟の板戸の前までくると、市兵衛は声もかけずに軽く戸口をたたいた。内側から、「はい、ただいま」と声がして、閂《かんぬき》を外す音が聞こえた。

板戸を開けて顔を出したのは佐平だった。銀造は驚いたが、市兵衛は、「パーデレは？」とだけ訊くと、そのまま中へと身体をくぐらせた。

「大丈夫です」

身を引きながら、佐平はそう答えた。そのふたりのやり取りが銀造には気にかかった。

囲炉裏の向こう側に、ピエラは布団をかけられて寝かされていた。市兵衛はピエラの枕元近くに身を寄せ、

「パーデレ、お加減は？」と尋ねた。

「ダイジョウブ、デス」と起き上がろうとするピエラを制するように、

「無理をされてはいけません」と声をかけたが、ピエラは、「イスヲ……」と力なく言って佐平を見やった。佐平が、見よう見まねで作られた座椅子のようなものを部屋の隅から持ってくると、市兵衛は、

「手伝ってやりなさい」と弥助をうながした。

わずかに腰を浮かせたピエラの身体に座椅子をあてがうと、弥助は、「いかがですか」と具合を尋ねた。

「ハイ、コレデ、イイデス」

礼を言ったピエラの顔は、かつて銀造が訪れたときの面影もないほどにやつれていた。頬がこけて目がくぼみ、数カ所に灯されている蠟燭《ろうそく》の明かりの中でさえ、その皮膚が黄ばんでいるのが見てとれた。

座椅子に背をあずけたピエラの声は弱々しく、言葉を続けて出すことさえ困難な状態だった。

市兵衛は銀造を手招きし、ピエラのそばに坐らせると、

「パーデレ、お約束通りこの者を連れてまいりました」

「アリガトウ、ゴザイマス」

ピエラはそう言うと、銀造に顔を向け、

「ヨク、キテクダサイ、マシタ」

「いえ」

銀造は、前に訪ねたときと比べると、ピエラにより近しいものを感じていた。しかし、ピエラの顔を正視できずに視線を落とした。

「ギンゾウサン、ワタシハ、ジブンノイノチガ、モウ、ナガクナイコトヲ、シッテイマス」

ピエラの言葉に、銀造は思わず顔を上げた。先ほど、この場所に入ってピエラの様子を目にしたときから、それは予期していたものだった。しかし、死を覚悟したピエラの言葉にどう答えてよいかわからなかった。

あの雪の夜、市兵衛は部屋に皆を集めて桂庵の診立てのことを話し、重い病になどかかっていないと明言していた。しかしそれを、あのとき嘘を言ったと責めることはできない。市兵衛があのように話したのは当然のことだったろう。

ピエラは、一語一語区切るように言葉を続けた。

「デスカラ、コレカラ、オハナシスルコトハ、ワタシノ、ユイゴントオモッテ、キイテ、ホシイノデス」

遺言と聞かされて、銀造は膝においた手を握りしめた。

「パーデレ、そんなことはおっしゃらねえでください。わしはやっと、やっと……」

「アリガトウ、ギンゾウサン。デモ、ワタシニハ、キョウヲノガシタラ、モウ、ニドト、オハナシデキナイヨウナ、キガシテイルノ、デス」

ぽつりぽつりと口にするピエラの話は、それほど長いものではなかったのだが、銀造があとになって憶い返すと、それが終わるまでには、かなりの時間が過ぎていたように思われた。それは、おおよそ次のようなものだった。

『銀造さん、わたしはあなたに、このいまデウスさまを信じなさいとは言えません。ただ、あなたにお渡ししたメダイユは、どこかであなたの心を支えてくれるでしょう。想いもかけないことが起こったり、ひとを恨みたくなったりすることがきっとあるはずです。わたしも同じです。どうしても怒りが治まらないというときがあります。たとえ、デウスさまの教えを広めていても、特別な人間ではありません。路傍で物乞いをしているひとたちと、何の違いもないのです』

（ピエラはそこまでを話すと、佐平に、「ミズヲ、クダサイ」と声をかけた。初めに竹筒を渡されていたのだが、ピエラはしばしばそれを口に運んだ。銀造には、それが喉の渇きのためだけではないように想われてしかたがなかった。水を口に含むと、一息ついてから、ピエラはまた話し始めた）

『銀造さん、覚えておいてほしいのです。デウスさまを信じることは、異なる教えを信じているひとたちと比べて、決して誇りに思ってよいことではありません。偉いことではないのです。いいえ、むしろ、自身の弱さの証《あかし》だとさえ言えるのです。

ですが、その弱さは、デウスさまが誰よりもご存知です。そして、誰よりもその弱さを受け入れてくださるのです。あなたが悲しいとき、つらいとき、デウスさまは、たとえあなたの目には見えなくとも、いつもそばにいらっしゃいます。どうか、それを忘れないでください』

話を終えると、ピエラはぐったりと座椅子にもたれかかった。

市兵衛は、弥助と佐平にピエラを寝かせるようにと声をかけ、横になったピエラをしばらく見守っていたが、目を閉じて寝入ったことを確かめると、

「パーデレの痛みはだいぶひどいのかい、佐平」

「がまんしておられるようですが、脂汗を浮かべているときもおありです」

市兵衛はそれを聞くと、眉根を寄せたまま、口を固く結んでピエラを見つめた。それから懐中に手を入れて小さな袋を取り出した。

「これは、桂庵先生に特別に調合していただいたものだ。だから、わずかな量しかないが、あまりにおつらそうだったら、これをお勧めしておくれ。何服かに分けてあるからね」

「承知しました」

佐平は、受け取ったものを、部屋の隅に置かれている引き出し付きの小さな箱へと納め、「普段の薬草はまだ残っておりますから」と言いながら戻ってきた。

「お前にも苦労をかけるが、頼んだよ」

「はい、わかっております」

銀造は、すべてを市兵衛まかせにしていることが申し訳なく思え、「何かできることがありましたら……」と口を添えた。

「いいんだよ、銀さん」

そう言ってから、市兵衛はいくらか強い口調になった。

「パーデレの身を引き受けたのはこのわたしだ。だから、パーデレのお世話は、最後まで、わたしが責任を持ってさせていただく」

前回ピエラを訪ねたときと同じように、洞窟から戻ると、市兵衛は銀造を家形に誘った。銀造が部屋で待っていると、市兵衛に少し遅れて弥助が入ってきた。茶を淹《い》れてから、二人の前へ見なれない菓子を置き、そのまま退出した。

「珍しいものをいただいてね」

市兵衛はそう言ってから銀造に勧めた。

「京の水菓子らしい。少し冷やしておいたから、ちょうどいい頃合いだと思うよ」

銀造は、「いただきます」と手に取ると、市兵衛が小さな竹べらを使うのを確かめてひと口含んだ。貰い物とはいえ、このような菓子は、市兵衛でなければとても用意できないだろう。いまさらながらに、銀造は市兵衛の交友の広さに感心していた。

茶に口をつけたあとで、

「あまりのお変わりようで、驚きました」と銀造はピエラのことにふれた。

それを聞くと市兵衛はうなずき、間をおいてから、

「パーデレは、ずっと前からご存知だったのだよ」と銀造を見やった。

「雪の中に倒れたのは、痛みのために気を失ったのだと言っておられた。桂庵先生がパーデレを診られたときに、胃の腑のあたりで固いしこりのようなものが指先に触れたらしい。だが、わたし達にはそのことを伏せておくようにと忠告された。パーデレが気づかれるのを心配されたのだろう。しかしパーデレは、ご自分が癒えることのない病に侵されていることはとっくに承知されていた。だからこそ、肌身離さず持ち歩いていたあのメダイユを銀さんに託されたのだ。本当は、他人に譲ってはならないものだったのかもしれないね。もちろん、パーデレはそんなことはおっしゃらなかったが……」

メダイユが自分を支えてくれるだろう。ピエラがそう話したことが、ふと銀造の頭をよぎった。そして市兵衛に、

「サヨのことを、パーデレに何か話されたのですか?」と尋ねた。

「いや、わたしは何も申し上げなかった。しかし、パーデレのことだ。おそらく銀さんの胸の内がわかっておられたのかもしれないね」

市兵衛がサヨのことさえ気づかっているのは、このいまだけではなかった。桂庵にサヨを診察させたのが市兵衛だったというのは、あとになって知ったことである。

「わたしも、先日こんなことがあったんだよ」

何日も雨が降らなかったその頃に、市兵衛は洞窟にピエラを見舞った。身体がつらかったのか、そのときピエラは横になっていた。そば近くへ寄った市兵衛を見て、

『しばらく雨が降りませんね。お疲れのようですが、何かあったのですか？』

市兵衛はつとめて普段通りに振る舞っていたのだが、何かしら不思議な思いになっていた。ピエラを訪ねる前に、村の用水の件で代官所へ出向いた際、代官とのやり取りに多少の喰い違いが生じて、市兵衛は幾分悩んでいたのである。

「すっかりお見通しという感じで驚いたよ」

「神通力……、ですか」

銀造が大げさな言い方をしたので、市兵衛は笑いながら、

「そうかもしれないね。わたしにはよくわからないが」

家形に来てからかなり経っているように想えて、銀造は、「そろそろ……」と口にしかけたが、ふと、以前から気にかかっていたことを思い出すと、

「あの、庄屋さま」と坐りなおした。

「あの寄合の日、パーデレをこちらへ移されたあと、庄屋さまは、ロザリオをわたしに預けられました」

市兵衛が、「ああ、そうだったね」とうなずくのを見て、
銀造は、「あれは……」と言いよどんだ。

市兵衛は銀造が迷っているのを察して、

「そうか、どうしてあれを銀さんに預けたか、それが聞きたいんだね。わたしも、いつかは話そうと考えていたんだが、ちょうどいい機会かもしれないね」

そう前置きして、市兵衛は次のようなことを話した。

ピエラの持ち物のうち、ロザリオは銀造に託し、皮袋を桂庵に預けていた。皮袋は、桂庵が診察している間に、市兵衛が佐平に探しに行かせたのだ。桂庵はさすがに異国の書物に詳しく、「聖書」についてもいくらか知識があったのである。ピエラがそれを所持していないことが不自然に思えたに違いない。そのため、ピエラが倒れていた場所に佐平をもう一度戻らせたのである。少しばかり雪に埋もれていたために、暗がりの中では誰もが気づかなかったのだ。ピエラが意識を取り戻したあと、別《わ》けて預けておく方がよいだろう、と市兵衛がそう提案し、ピエラもそれを承知したのだ。

銀造がロザリオを市兵衛に返した日には、ピエラはもう家形にはいなかった。桂庵の友人で信頼のおける人物に相談し、ある山小屋にかくまったのだ。しかしその場所も、暖かくなる頃

には人が近くに出入りするようになる。それを危惧した市兵衛は、そうなる前にあの洞窟を探し出し、ピエラをそこへ移したのだ。

ロザリオについては、弥助と佐平以外の家人は、どうということのないお守りと想っていただろうから、置いておいてもかまうまい、と最初はそう考えていた。しかし、何かの事情で紛失し、他の誰かに拾われたらやっかいなことになる、と思いなおしたのだ。

話の最後に市兵衛は、銀造を信用して預けたものの、怖がりはしないかといくらか心配にはなっていた、と言い添えた。

「何が入っているのか、ちょっと不安はありました」

「そうだろうね」

市兵衛は苦笑するように銀造を見やった。

Ⅵ

野良を渡る風にも爽やかなものが感じられるようになっていた。

銀造はその日の朝、早めに起きて畑の様子を見に出かけた。ここ三日ほど雨の降らない日が続いていたので、土の具合を確かめに行ったのである。そろそろ田植えの準備も始まろうとしていた。つい先日の寄合で、その段取りについて話し合われたばかりであった。

朝餉《あさげ》にはいくらか遅れるとサヨには伝えてあったので、ひと通り見回ってから戻ってくると、何やら村の中が騒がしかった。あちこちで数人ずつがかたまって話し込んでいる。

銀造は、五、六人が集まっているところへ近づき、

「どうした。何かあったか？」と顔見知りの若い衆に訊《たず》ねた。

「まだ聞いていねえのか、銀造さん。大変なことになった」

「何だと？」

銀造の不審そうな顔を見ると、男は声をひそめた。

「庄屋さまがお役人に連れていかれただ」

それは降って湧いたような話だった。銀造は即座に打ち消すように、

「ばかな。誰がそんなことを……。うそに決まっとる」

銀造がいくらか声を荒げると、話に加わっていた老女が、

「ほんとうだ。村の者《もん》が何人も、庄屋さまを見たって言うとる」

俄《にわか》には信じられなかった。しかし次の瞬間、まさか、という想いが脳裏を走った。

「なんで、そんなことに」

銀造があえて同調するように聞き返すと、老女は声を細め、

「なんでもよ、伴天連を山ん中に隠してたってこっだ。まさかあの方がのお」

「それで、庄屋さまはどうなるんだ」

銀造のとげのあるような口調が気にさわったのか、老女は、

「そんなことまで、おらがわかるわけねえ」

すまねえ、と言って銀造は自家へと足を速めた。

銀造を待ちわびていたのか、表にウメが立っていた。そして、顔を見るなり、

「とんでもねえことんなった」

「ああ。わしもいま村ん中で話を聞いた」

「どしてそんなことに……」

銀造は、それには答えずに戸口をくぐった。

「サヨ」と銀造が声をかけると、「はい」と水場から応えるのが聞こえた。

囲炉裏の前に朝餉の用意がされている。

「朝ごはん、ちょっと冷めました」

「そんなことはかまわねえ」

言いながらそばにいる仙造を見やったが、何ごとかを考える様子で黙り込んでいる。

銀造が椀を取り上げて食べ始めたとき、「こん先……」と仙造はつぶやくように言った。

「村のこたあ、いってえどうなるんだろな。心配《しんぺえ》だ」

銀造も同じ思いだった。しかし、それ以上に気がかりだったのは、ピエラをかくまっていた廉《かど》で市兵衛が引き立てられていったことだった。役人達は、当然市兵衛の家人もかかわっていたとみて取り調べるだろう。そして、銀造もまた家形で話に加わったのだ。そればかりではない。あの洞窟でピエラに会い、メダイユを受け取っている。その上、遺言と言われて耳を傾けたピエラの話に心を動かされ、半ばはデウスに惹かれ始めている自分を意識さえしているのだ。庄屋さまがわしの名を洩らしたなら、おやじやおふくろ、サヨも罪に問われるに違えねえ。たとえ庄屋さまが最後まで口をつぐんだとしても、弥助さんや佐平さんは、果たして詰問に耐えられるだろうか。自分ひとりならまだ仕方がねえ。だが……。

銀造は、食事の後始末をしているサヨの背に目をやると、思わず首を振った。

市兵衛が捕らえられてから十日ほどが過ぎた頃、見せしめのために、庄屋と伴天連が、村内引き回しの上で奉行所へ移されるという沙汰が流された。それまでは代官所の牢に入れられていたのである。

引き回しの前日、奉行所からの触れがあった。銀造にはまったく読めなかったが、村の中のやや広い道の一角に高札が立てられた。

『伴天連隠匿につき、代官所に某《なにがし》からの訴えがあり、吟味の結果、事実であると判明したため、不届き至極により、庄屋の木内市兵衛と、かくまわれていたピエラを、引き回しの上極刑に処す』との内容だということだった。だが、なぜかそこに弥助と佐平の名はなかったという。

当日になっても、本心からすれば、銀造は引き回される二人を見ていたくはなかったのである。しかし、前日に代官所の役人が各戸を回り、罪人共の姿をしかとその目に留めおくようにと告げていた。やむなく、銀造は路傍の隅の目立たないところに立って、警護された二人が来るのを待った。家族からはあえて離れた場所を選んでいた。動揺する自分を知られたくなかったのだ。

村の入り口に二頭の馬が姿を見せると、村人の間にざわめきが起こった。馬上には、両手を背後で縛られ、粗末な白装束に身を包んだ市兵衛とピエラの姿があった。市兵衛は身体を揺れにまかせて、どこか虚空を見つめているようだった。続くピエラの姿に、銀造は思わず視線をそらせた。わずかに口を動かして何ごとかをつぶやきながらも、馬の揺れに耐えられず、身体が時折落ちそうになるのである。苦痛で前かがみになりそうになると、そのたびに、付き従っている小者が、「身体を起こせ」と長い棒で小突いた。最後に洞窟で会ったときでさえ、ピエラはかなり衰弱していた。銀造の目には、ピエラは痩せて骨と皮ばかりに映った。道の両側に集まっている村人の中には、市兵衛に向かって手を合わせている老女もいた。ピエラが通り過ぎる際には、何人もがその姿を指差し、口々に罵るような言葉を投げつけた。

銀造の姿が二人の目に留まったかどうかはわからない。しかし、仮に銀造の姿を確かめたにしても、市兵衛はおそらく素知らぬふうを装っただろうし、ピエラは苦しさで顔を上げることさえできなかったに違いない。

馬上の二人が背を見せて遠ざかっていくなか、ふと気がつくと、銀造の隣に松吉がいた。そして、誰に言うともなく、

「あんひとも、庄屋でいながら、なんであんなことをしたんだ。わしらが引っくくられていたかもしれねえ。そんなこたあ、ごめんだ。誰が代官所へすっ飛んでいったかしらねえが、これでよかったんだ。あんひとひとりなら、どうということもねえがや。庄屋にゃ、また別のおひとが代わりにくりゃそれでええんだ」

それは、周りにいる村人に聞こえよがしに響いた。それから、細めた声で、

「なあ銀造、おめえも気いつけにゃなんねえぞ。あんな男にかかわらなくてよかったなあ」

松吉は、しまいには市兵衛をあんな男と呼んでいた。これまで散々村のことで世話になっておきながら、この言い草だ。そればかりではない。自分の娘を他の村へ嫁がせたときには、「庄屋さま、ぜひともお願いします」と拝むばかりに頼み込んだという話を耳にしたことさえあった。近くに人だかりがなかったなら、銀造は間違いなく松吉を殴りつけていただろう。

わしもひでえ人間だとは思うが、こいつは犬畜生以下だ。

村から離れた河原で市兵衛が極刑に晒された日、その最期を見るに耐えられず、銀造はそこへ出かけなかった。ピエラも同じように磔にされるとのことだったが、引き回しのその夜、牢の中で大量の吐血をしたまま倒れていたという。牢番が異変に気づいて役人を呼んだときには、ピエラはすでにこと切れていた。村人からその噂を聞いた夜、銀造は、サヨのささいな声がけにさえ、普段のようには言葉が返せなかった。

庄屋さまもパーデレも、何でこんな目にあわなきゃならねえんだ。

家の裏手で、銀造はまたメダイユをぼんやりと眺めていることが多くなった。その日もそうしたところへサヨが顔を出した。銀造はもうことさらメダイユを隠そうとはしなかった。サヨは疑うことなく受け入れてくれている、とそう感じていたからである。

「なあ、サヨ」

隣へ並んで腰を下ろしたサヨに、銀造は問いかけるように声をかけた。

「はい」

サヨはそう応えて銀造を見やった。

「わしにはどうしてもわからねえことがある」

「え？」

「庄屋さまがあんなお裁きを受けたのに、村の者にはほとんど何のお咎めもねえのはどうしてなんだ。そこんところが、わしにはどうにも腑に落ちねえ」

そうは言ってみたものの、そんなことは自分にはわからない、という答えが返ってくるだけだろうと銀造は思った。ところがサヨは、

「わたしにも詳しいことはわかりませんけど、でも……」と想うところを口にした。

銀造は知らなかったことだが、市兵衛は、領主に仕える重臣の一族に連なる武家の出身だというのである。そして、それゆえに幅広い交誼を得ていた。その働きかけが、奉行の裁きをあのようなものにしたのではないだろうか。名字を名乗ることを許されるほどの力が背後にはあったし、そのつながりも小さくはなかったと考えられるのだ。

その話を聞いて、銀造にはひとつ思い当たる節があった。以前の家形での話の中に、切支丹に対する弾圧の件があったのだが、市兵衛は幕府内の国策に関わる事情についてまで詳しかった。そのときにはさほど気にも留めなかったが、サヨの話からすれば、改めて納得できることのように思えた。

高札に弥助や佐平の名が上っていなかったばかりでなく、家人を含めて、処払《ところ》いという軽

微とさえいえる処分で終わっていることも、ある意味不思議ではないのかもしれない。

それでも、それほどの力を背後に持ちながら、なぜ市兵衛はあえて庄屋という役目を引き受けたのか。それ以上に、どうしてむざむざ極刑などという酷な死を覚悟したのか。

しかしサヨは、極刑は、恐らく市兵衛が進んで受け入れた、というより、むしろ望んだことではなかったかと言った。そこまで推測するサヨに銀造は驚いていた。サヨが話したことは、銀造には考えも及ばぬことだったからである。

サヨの話を聞き終えて、銀造は、

「サヨ、正直わしは驚いてる。わしがもしどこかの家中の人間だったら、お前は何者だと疑ったかもしれねえ」

それを聞くと、サヨは小さな笑い声を立てた。

「お前さま、そんな大げさな」


それから数日が過ぎた頃、ちょっとした騒ぎが起こった。松吉が、頭を斧のようなもので割られたと思える状態で、村の入り口近くの木に吊るされていたのである。役人が駆けつけて村人が詮議を受けたが、表立って確からしいことは何も出てこなかった。結局その嫌疑は立ち消え同然になったが、後日、村人の間にある噂が流れた。庄屋さまを代官所に売ったのは松吉に違いない、というものだった。それは根拠のあるものではなかったが、

『そういや、あいつあ、ここんところ、妙に懐が温ったけえような顔してたってよ』

『賭場で松吉を見かけたって者《もん》もいるってこんだ』

それがどこまで本当の話なのかはわからない。噂にはたいてい尾ひれがついて大きくなるものだったし、面白おかしく吹聴して歩く人間は必ずいるものだからだ。だが、それが恨みによるものだとしたら、誰がそんなことをしたのか。そこまでは村の誰にも推測がつかなかった。松吉を心良く思っていなかった者は、この村の人間だけでなく、近在の村人の中にも少なからずいたらしいのだ。

噂話が流れたとき、ふと銀造の頭に浮かんだことがあった。最初にピエラを訪ねて山を登ったその道すがら、佐平が手斧を器用に使いこなしていたことである。

まさかとは思うが、佐平さんが庄屋さまの仇を……。

主人を殺され、自らも土地を追われたことへの報復だったのか。佐平が松吉を殺害したとすればつじつまは合う。しかし、やはりそれは銀造の臆測にすぎない。それが仮に事実であったとしても、市兵衛とピエラが村の中を引き回されていたときに、松吉が口にした言葉を思い出

すと、銀造は訴えて出ようという気にはとてもなれなかった。

ピエラが山中にかくまわれていたことで、近在の村も含めて、切支丹が潜在していると奉行所が考えたのは当然のことだろう。

この地域では、農作業が一段落する秋の終わりごろに宗門改めが行われるのが通例であった。しかし、あのような事態が起きた以上、そのまま放置しておくわけにはいかない。田植えが始まって農繁期に入ってしまうと、村民を小分けにして取り調べなければならず、それ相応の期間が必要になる。そのため奉行所も、異例ではあるがやむを得ないことと判断したのであろう。その触れが、新たに庄屋となった宗次郎《そうじろう》を介して、家形で行われた寄合の席で伝えられた。

家形は、市兵衛が居住していたものを改修して宗次郎が移り住んだ。市兵衛が疑われると、家形内は床板、天井、腰板に到るまで、ことごとく打ち壊されて捜索された。もちろん、改修の費用を代官所が負担するはずもなく、間取りは従前とほぼ似たような造作《つく》りではあったが、使用された材木などはかなり見劣りするものになっていた。それでも、その手間賃や材料に要した費用の工面だけでも、村人にとっては決して軽いとはいえなかった。

宗次郎自身は、この役目をあまり歓迎していなかった。どこか、汚名を引き継ぐような想い

があったのだろう。寄合の席でも、簡単に自分を紹介したあとで、

「前の庄屋もえらいことをしてくれたもんだ。郡奉行様《こおりぶぎょう》からの御沙汰だから、仕方なくこちらへ来たんだが、いい恥さらしだよ、まったく」

寄合衆にほぼ変わりはなかったが、最初からこの調子では先が思いやられる、といった表情が誰の顔にも浮かんでいた。ほとんどの男たちは聞き流していたようだったが、中の二、三人は軽く舌打ちさえしていた。

「集まってもらったのは、もう承知しているだろうが、十日ほどあとに宗門改めが行われることになったためだ。あんなことがなけりゃ、稲の穫り入れが終わった頃だったんだがな。まあ、決まったことは仕方がない。これまで通り、みなには素直に応じてもらいたい。ひとりでも困り者が出てくると、わたしも迷惑するから、頼んだよ」

ここ数年、この地域で宗門改めは行われていなかった。寺社奉行にとっても、面倒ごとは極力避けたいという想いもあったのだろうが、ほとんど騒ぎらしいものは見受けられず、たまに切支丹がいるという噂が立っても、たいていは誰かへの腹いせで、事実無根というのが実情だった。しかし、今回ばかりは目をつぶるというわけにはいかなかった。騒ぎの当事者が、他ならぬ村人を束ねる立場の庄屋だったからである。確かに、直接村人の宗旨に関わる出来事で

はないかもしれないが、疑わしいものはまずその芽を摘んでおかねばならない。それが、役人達の一致した結論であったことだろう。

その夜の寄合は、後日代官所の沙汰があり次第、誤解を生むことのないように用心して、これに従ってほしい、と宗次郎が繰り返しただけで終わってしまった。

寄合衆の席には、市兵衛が常に用意していた菓子どころか、茶の一杯も振る舞われなかった。庄屋の家形を出るときに、ひそひそと愚痴をこぼす声が聞こえてきたのはごく当然かもしれない。

銀造は、宗門改めにはこれまでと同じように仏教の宗旨を告げようと考えていた。ピエラから渡されたメダイユを捨てるつもりはなかったのだが、自分が切支丹だと自覚することもできなかったからである。

その日さえ過ぎてしまえば、これまでと同じ日常に戻るだけだろう。

宗門改めが明後日に行われるとの達しがあったその日の夕刻、野良に出ていた銀造とサヨは帰り道を辿っていた。そのそばを、近所の小さな兄妹が駆け抜けていった。暗くなりかけていたこともあって、銀造は思わず、

「あぶねえぞ。転ぶんじゃねえぞ」と声をかけ、ふと、「子供か……」と言葉を洩らした。

サヨはそれに気を留めて、

「わたしがもう少し用心していれば、いまごろは……」とつぶやくような口調になった。

普段なら気をつけるのだが、銀造はうっかり口走ったことを後悔していた。

「サヨ、おめえが悪かったわけじゃねえ」と言ってから、うつむくような様子を見せたサヨに、銀造は心の中で話しかけた。

『生まれてきても、すぐに死なせにゃならねえこともあるんだ、サヨ』

思いもかけず子ができて生まれてきても、食べさせていくことができなければ、目も見えない赤子の顔を、水で濡らした薄紙で覆わねばならないのだ。

『堪忍してくれや、堪忍してくれや』と息のない小さな身体に手を合わせて謝るより他にない親の心情を、誰が本心から見すえてくれるだろうか。

どこかの坊主が、『前世の業《ごう》じゃ、前世の業じゃ』と子を亡くしたばかりの夫婦に説教を垂れたという話を聞いたときには、銀造は矢も楯もたまらずその坊主を憎んだ。母親の乳房に触れることさえかなわなかったその赤子に、何の業があるというのか。もし、銀造が侍だったなら、迷うことなくその坊主を斬り捨てていただろう。

あいつらにとっては、所詮わしらの暮らしなど他人《ひと》ごとなのだ。

自分の言葉がサヨにとっては何のなぐさめにもならないことは、銀造にはよくわかっていた。

しかし、何も言わずにいることはできなかった。

「気にするな、サヨ」

銀造の言葉に、「はい」とサヨがうなずいたときだった。銀造は心の臓の辺りに強い痛みを覚えて、「うっ」と胸を押さえた。

「お前さま！」

表情を変えたサヨが、銀造の身体を両手で支えた。

痛みが引くと、息をつきながら、

「でえじょうぶだ。前から軽いものは何度もあった」

そう言って銀造は笑顔を作ってみせた。

「お医者に……」とサヨは顔を曇らせて気づかったが、

「心配《しんぺえ》するな、サヨ。でえじょうぶだ」

「急なこんだな」

ウメは仏壇に供えた小さな器を下げて戻ってくると、銀造にそう声をかけた。宗門改めが行われることはウメには意外だったのだろう。

銀造は、ああ、と軽くうなずいたあとで、

「まあ、仕方もねえが」と言いながら箸を手に取った。

「庄屋さまは、あしらとちがっておやさしい方だったから、相手が病人となりゃ、放っておけなかったんじゃろな」

銀造は、黙って食事を摂っているサヨを一瞬見やってから、ひとりごとのようなウメの言葉にも、ああ、と相槌を打っただけだった。しかし、サヨから話を聞かされていた銀造には、市兵衛が、ある意味では村の者に代わって犠牲になったような想いを消すことができなかった。

そして、ふと、ピエラが市兵衛に語ったという言葉を思い出していた。

『パーデレは、耶蘇はこの世のあらゆる人間の罪を背負って亡くなられたと言われた』

たった一人の愚かな男の密告によって、磔という極刑を背負わねばならなくなった市兵衛の生き様は、銀造の中で、どこか耶蘇の姿に重なってきていた。確かに、それはこの世のあらゆる人間の罪というような大仰なものではないかもしれない。だが、訴えた人間が村人のひとりだったという事実は、すべての村人への信頼を揺るがせるに十分だったはずだ。ピエラひとりがかくまわれていたというそのことだけで、この村の人間ばかりでなく、近在の村すべてに対して宗門改めを行おうとする役人達の、その荒んだ疑心暗鬼と同様の感覚は、市兵衛の中にも生じたのではないだろうか。それにもかかわらず、報復しようという想いは持たなかった。いや、そうしたくともさせなかったものが、市兵衛の中にはあったに違いない。

とある寺の住職はその法話の中で、宗派の違いはあっても、仏教の教えは、個々の人間自身の救済なのだと言っていた。だが、自らは仏教を信じていると口にした市兵衛が身をもって示したのは、自己の救済などとはまったく無関係な村人たちに成り代わって自分自身を差し出すということだった。

あるいは回避できたかもしれない己の死をあえて、しかも、サヨの言葉通りとすれば、市兵衛自らが望んで受け入れたということが、銀造にはどうしても理解できなかった。それは疑問というより、むしろ謎とさえ言えた。

家の裏手で、午睡を取ろうと銀造がうとうとしかけたときだった。

「お前さま」

隣から声をかけられ、銀造は眠そうな目でそちらを見やった。

「ああ、サヨか」

サヨは腰を下ろしながら、

「明日ですね」

「そうだな」と銀造は答えたが、サヨの様子に何かしら言いたげなものを感じて、

「どうした？」と訊いた。

サヨは口を開きかけたが、またそのまま視線を落とした。

「何かあったか」

そのような沈黙は珍しいことだったので、銀造はいくらか気がかりになった。

サヨは答える代わりに、何かを決心した面持ちで懐に手を入れ、「お前さま」と言った。

「どうした、サヨ」

銀造は心に不安めいたものがよぎってまた訊き返した。

「これ……」とサヨは銀造の目の前に開いた手を差し出した。手の上には、二寸ばかりの薄く丸いものがのっている。

「これは……」

銀造が手に取ると、そこには若い女の顔が彫られていた。

「メダイユです」

「何？」

サヨの口からメダイユという言葉が洩れたことに、銀造は半ばうろたえた。自分が時折眺めているものがメダイユだとは、サヨにはひと言も話していない。まして、そこに彫られているものが耶蘇の姿だなどとは、たとえ口が裂けても言えないと考えてきたのだ。

「サヨ、おめえ、メダイユを何で知ってる？」

銀造は不審なままに声をひそめた。

「お前さまが持っているものがメダイユだということは、前から知っていました。いつだったか、お布団のそばでみつけたときから……」

銀造は、サヨが話すのを混乱に近い思いで聞いていた。

「そのメダイユは、普通のひとには持てないものです。パーデレさまからいただいたものなのでしょう？」

銀造は、叫び声が出そうになるのをようやくこらえた。

「おめえ、そんなことまでなんで知ってるんだ！」

ほんのわずかの沈黙のあとで、意を決したようにサヨは言った。

「わたしは、木内市兵衛の娘です」

サヨの言葉を耳にしたその一瞬、銀造は顔から血の気が引くのを感じた。

「何だと！」

それは、銀造には想像すらできない告白だった。

「お、おめえが……、庄屋さまの娘だと？」

「はい」

サヨの返事には微塵も迷った気配がなかった。それだけでも、銀造にはサヨが偽りを言っているとは思えなかった。

「それに、この……」

渡されたメダイユに目をやりながら銀造がつぶやくと、

「そこにいらっしゃるのはサンタ・マリアさま。耶蘇さまのお母様です」

サヨがそこまではっきりと口にするのを聞くと、銀造は信じたくない思いで言った。

「サヨ、おめえ、隠れ者……だったのか」

黙ったままうなずいたサヨの目には、横顔からでさえ、なぜかこれまでにない澄んだものが宿っているように感じられた。

サヨが市兵衛の娘だと知っているのは、養父母と市兵衛だけなのだとサヨは言ったが、それは当然のことに思えた。サヨが隣村で養女となって暮らしてきたその背後には、いったいどのような事情があったのか。しかし銀造は、それを詮索《せんさく》することには、むしろ畏怖に似たものさえ感じて口を閉ざした。

言葉遣いひとつにしても、サヨはこの村の娘達と違って丁寧だった。いまにして思えば、確かにそれもうなずけることだった。市兵衛が進んで死を受け入れたという推測も、本当のところそれは推測ではなく、その覚悟は市兵衛自身から聞かされていたというのである。市兵衛の娘だったからこそ、市兵衛の素姓についてあれほど詳しかったのだ。それにしても、自身は仏教徒であることを明言していた市兵衛が、サヨが切支丹として生きることをなぜ許せたのだろう。だいいち、サヨはなぜ切支丹なのだ。

サヨと自分が夫婦《めおと》になれたことも不思議だった。仙造が嫁取りについて口にしたのは偶然だったと銀造は思っていたし、仙造がその経緯について触れたことなど、これまで一度もなかったからだ。

わずかにからかうような笑みを口元に浮かべながら、サヨは、

「お前さまは、わたしのことは知らなかったでしょうね」

銀造は、図星を指されて頭に手をやると、

「すまねえ、サヨ。おめえに会ったのは婚礼の日が初めてだった」

「わたしは、何度かお祭りの日に会ってましたよ」

いたずらっぽい目でサヨは銀造を見やった。

「気づかなかった。会っていれば、少しは覚えていそうなもんだが、まったく覚えがねえ」

サヨは、面白がるような含み笑いをみせて、

「そうでしょうね。お前さまに会うときは、わたし、いつもお面かぶってましたもの」

「何？」

銀造はいくらか頓狂な顔つきになったようで、サヨはそれを見てまたくすくす笑った。

市兵衛が銀造との縁談をサヨに打診したのは、銀造がピエラからメダイユを渡された半月ほど後のことだという。サヨはその話をそのまま承知したのだった。市兵衛としては、ピエラから選ばれた人間として銀造を見ていたからであったが、サヨがすでに銀造を知っていたことに、むしろ、してやられた、というような顔をしたらしい。

こうしたとりとめのない話で進むひとときこそが、銀造にとっては至福に近いものだった。

しかし、明日のことを考えると、サヨが隠れ者と知ってしまったいま、心にのしかかってくる

ものを払いのけることができなかった。そして、覚悟を決めると、

「サヨ」と声をかけた。

「頼みがある」

銀造の真剣な口調に、サヨも真顔で、「はい」と応えた。

「明日の宗門改めには……、つれえだろうが、仏教徒になってくれ」

サヨは銀造の言葉にすぐには答えなかった。

「わしは……」一瞬、銀造は声を詰まらせた。そしてその直後、思わず目にあふれるものを抑えられなかった。

「おめえを失いたくねえ」

顔をそらすことなく銀造を見つめていたサヨの頬に、光るものが流れ落ちた。

「お前さま……」

Ⅶ

宗門改めが日延べになるとの知らせが触れ回されたのは、当日の午近くであった。この先いつになるとは特定されず、ただ、後日ということらしい。その理由が何なのかは庄屋にも明かされなかったようで、宗次郎は思いもかけずその日の夕刻に寄合の場を設ける羽目になった。集まった寄合衆を前にして、宗次郎はひとり腹立たしげであった。庄屋にさえ何ひとつ知らされていないというのが、どこまで本当なのかはわからない。しかし、宗次郎は市兵衛と違って、自分の感情を抑えておくことはできない性分のようだから、あらかじめ納得できるものがあったのなら、あそこまで表情《かお》には出すまいと銀造には思えた。

「わしらは、庄屋の家《うち》の使われ者《もん》じゃねえぞ」

家形から出るなり、衆のひとりが吐き捨てるように言った。宗次郎の愚痴のはけ口にされているような思いが、誰の胸にもあるのだろう。市兵衛が庄屋でいたころには、外へ出た寄合衆から、笑い声のひとつも聞こえてこないなどということは考えられなかった。

役所の朝令暮改は今に始まったことではない。それよりも、農作業の段取りが狂ってくることこそが、当の村人達にとっては頭の痛いことなのだ。

「お役人のすっことはようわかんねえな」

寄合から戻った銀造に、ぼそっとウメが洩らした。


三日ほどが過ぎた日の朝、朝餉を終えて出かけようとしていた銀造が表に出たときだった。配下の者を数人引き連れた役人が、足早にこちらへと近づいてくるのが目に入った。

「銀造だな」

役人が確かめるように訊いた。銀造がわけもわからぬまま、「へえ」とうなずくと、従っていた男たちに、「捕らえろ」と叫ぶように命じた。

「何をなさるんで」

いきなり両腕をつかまれて抗っていると、数人が家の中へと踏み込んでいった。中からウメとサヨの悲鳴が上がった。

表へ引き出されてきたのはサヨだった。すがるように仙造とウメが姿を見せ、言葉にならぬ声で何かを男たちに訴えている。引きずられながら、銀造は、「サヨ」と叫んで後ろを振り返った。サヨが、「お前さま」と声を上げるのが聞こえた。

「わしらが何をしたってんだ」

銀造がありったけの声で叫ぶと、

「ええい、申し開きは代官所でせい」

役人が怒鳴りつけるように言い、騒ぎの声を聞きつけた村人が、周囲へ群がるように集まってきた。

縛られた銀造とサヨを引き立てながら、

「邪魔だ。どかぬか」

役人は声を荒げ、村人を追い払うように指し棒を振り回して足を速めた。

五人ほどが押し込められた牢の中で、銀造はサヨのことが気がかりだった。

同じ牢内の、銀造のそばにいた男によれば、捕らえられたのは、ほとんどが銀造の隣村の者だということだった。喜八と名乗ったその男もそうだというので、銀造は夫婦とは明かさずに、それとなくサヨのことを訊いてみると、ぼんやりとした口調で、

「おサヨ坊もつかまったか。ふた親とも切支丹だったからなあ」

それを聞いて、銀造は自分とサヨが捕らわれた理由がわかったような気がした。切支丹である女の夫が切支丹でないはずはない、と役人達は考えたに違いない。

宗門改めが、切支丹と見られるものの捕縛に切り替えられたのは、村の誰だかが密告したのだろう。どこにでも、恩賞に与《あずか》ろうとする輩はいるものだ、と喜八は言った。

それから、牢の天井を見るともなしに眺めながら、

「おらの自家《うち》でもそうだったが」と銀造に語りかけるように口にした。

どの信徒の家の仏壇も、表向きは普通の仏壇にしか見えないが、その扉はたいてい二重になっており、外せるように仕組まれた板の裏側にサンタ・マリアの像が描かれているのだということだった。耶蘇を描いたものより、聖母を扱ったものがほとんどで、マリアへの信仰がむしろ普通のことだという。サヨがウメに倣《なら》って手を合わせていたのは、心の中では実家の聖母《マリア》像だったのだろうと銀造は思った。もし、これまで通りの宗門改めが行われていれば、表向きは仏教徒のままで過ごしていけたかもしれないのだ。

この土地で踏絵が行われたというのは聞いたことはないが、此度《こたび》ばかりは、奉行所も知らぬ顔はできないと考えたのではないか。そう喜八は言った。たいていの村の者は読み書きなどで

きないから、これまでは、口頭で申し立てればそれですんでいた。しかし、踏絵となったら、自分には踏めないだろう。そう話したあとで銀造を振り返り、

「あんたも切支丹なんだろ？」と訊いた。

その問いに、銀造は何と答えてよいかわからなかった。そんな銀造の様子にも、喜八はそれ以上たたみかけるようなことは何も言わなかった。

迷っている想いの中に、ふとメダイユのことが浮かんできた。先日、家の裏手でサヨと話したあとで、ふたりが持っているメダイユを小さな壺に納め、見つからぬように家の柱のそばへ埋めたのだ。またあとで掘り出して持ち続けようと考えたからだった。銀造の提案にサヨはあえて反対しようとはしなかった。それは、翌日の宗門改めには、仏教徒として申し出をすることに同意したと言ってもいいことだった。だが、踏絵となれば、サヨには踏めないのではないか。

銀造を引き立てた役人は、申し開きは代官所でしろと言った。しかし、銀造はなにもできないまま牢に入れられた。喜八にそれを愚痴ると、

「申し開き？　そんなことは考えられねえ。役人なんぞ、いつでも体《てい》のいい出まかせばっかりだ」

そう聞かされても、銀造はまだ望みを捨ててはいなかった。自分はまだ切支丹になりきったわけではない。踏絵が始まったなら、それを踏みさえすればすむ話だからだ。

だが……、サヨはどうなる？

一瞬、その言葉が銀造の胸に返ってきた。

サヨを失いたくないと言ったのは決して嘘ではない。しかし、それは銀造に左右できることではなかった。サヨ自身が転び者として生きるかどうかにかかっているのだ。

銀造が、もし先に踏絵が行われることを知っていたなら、ただ単に仏教徒でいてくれという話ではすまさなかっただろう。わしも転び者になる。だから、たとえ一生白い目で見られることになったとしても、頼むから転び者になってくれとサヨに懇願しただろう。だが、いまとなっては、それを確かめることも、伝えることもできないのだ。自分が初めから喜八のように切支丹であったなら、『ふたりでデウスのもとへ行こう』とあるいはそう言えたかもしれない。

もし、このいまパーデレに会うことがかなうなら、パーデレは何と言われるだろう。

サヨと共に踏絵に足をかけよ、とおっしゃるかもしれない。あるいは、信じることを貫けぬ弱者と非難されるだろうか。

右とも左ともいえぬ想いが頭を駆け抜けたとき、銀造はまた心の臓に強い痛みを感じた。思わず前かがみになった銀造に、「おい、大丈夫か」と喜八が声をかけた。

「てえしたことはねえ」

痛みが和らぐと、銀造は喜八の心配そうな顔を笑うように見やった。

「こんなところへ医者なんぞ来ちゃくれねえからな」

喜八の言う通りだろう。自分達はいま罪人としてここに入れられているのだ。パーデレでさえ吐血したまま放っておかれた。牢番にとっては、単なる厄介者にすぎないはずだ。


その夜、ふと銀造が目を覚ますと、軽い鼾を立てながら背を向けて寝入っている喜八の姿が目に入った。

わしは、この男のようにさえなれねえ。

サヨや市兵衛が心中に抱いていたものにも、この先決して近づくことができないような感覚に銀造は捉えられていた。そして、自分が市兵衛の娘であることを銀造に告げた日のサヨの話が、なぜかこのいまになって鮮明に頭に甦ってきた。

銀造には、市兵衛やサヨの過去についてはむしろ触れたくない思いがあった。しかし、サヨの表情にはどこか切羽詰まったものが感じられた。あたかも、銀造に話す機会は今をおいて他にはないと考えているようでさえあった。サヨの話は、メダイユを壺に納めたあとにもしばらく続いた。これだけは伝えておきたいという事柄が次々と思い浮かび、サヨの心から離れなかったのだろう。銀造には、そのサヨの思いをとめることはできなかった。


耶蘇教を広めている異人を見かけたという噂が近在の村人の間に流れ始めた頃のことだった。夕餉を終えたあと、父親の源助から、「サヨ」と声をかけられた。

「ミヨ、お前もこちらに来なさい」

父親の声がいつになくあらたまったものに感じられた。

水場から、「はい」と応えて部屋に入ってきたミヨの様子は、なぜかしら固くなっているように思えた。夫のいくらか後ろにミヨが坐ると、源助は普段なら崩している膝を整えて正座の姿勢になった。これまで目にしたことのないような父親のそんな様を、サヨは不思議そうに見やった。

「サヨ。いえ、サヨ殿」

源助の物言いにサヨは目を丸くした。サヨには父親がおどけているように思えたのだ。

「とっ様、何を言ってるんですか。自分の娘に『サヨ殿』はないでしょうに。もう、そんな冗談はおやめください」

手を口元に寄せながら、サヨは屈託のない笑顔を見せたが、父親の表情はなおも真剣なものだった。そばに控えた母親の視線は膝辺りに落ち、緊張した面持ちを変えていない。

「これは、冗談ではありません」

両親の顔を何度も交互に見やりながら、サヨは一抹の不安な想いのなかで、

「とっ様……。それにかか様も、どうなさったのです」

源助は妻のミヨへとわずかに顔をかしげてから、

「サヨ殿、私《わたくし》がこれから申し上げることを、どうか心してお聞きください」

畏まったようなその口調に、サヨは父親から目をそらすことができなかった。

「サヨ殿は……」

一瞬言葉をとぎらせたあと、源助は絞り出すように続けた。

「私共夫婦の実の子ではございません」

サヨはその時、自分がどのような表情をしているのかさえわからなかった。自分の中の全てが止まってしまったのではないかと感じられた。ややあってからサヨは、

「うそですよね、とっ様……。そんなこと、うそですよね」

「うそでは……」俯いた源助の言葉に嗚咽が混じった。

その様子にたまりかね、ミヨが代わって言葉を継いだ。

「サヨ様、夫が申しましたことは、本当でございます」

「かか様まで……」

それからわずかの後、源助はやや視線を落とし、気を取り直したようにまた口を開いた。

「サヨ殿を私共の子であると見せるために、ミヨには下腹に厚手の綿入れを巻かせました。そして、身体が弱いためと称して、一時期この村を離れさせたのです。サヨ殿をお連れしてミヨが戻った頃には、先代の留蔵《とめぞう》殿はすでに亡くなられておいででした。一年余りも離れてはいましたが、村の衆の中には、サヨ殿がほかの子に比べて大きいと申す者もおりました。早産だったが、幸いにも無事に育ってくれたと、私共は言い逃れてまいったのです」

源助は一旦そこで話を終えると、サヨの顔を上目遣いに見やった。

永過ぎるような空白の間《ま》が親娘の上に流れた。

胸の内がいくらか静まったあとでサヨは、

「それなら……、わたしの本当の父親はどなたなのですか、とっ様」

その問いに、「それは……」と源助は言葉に窮したような表情を見せたが、

「サヨ殿もよくご存知のお方です」と口を濁した。

「お百姓ではないでしょうし……」

サヨはそう言いながらふと思いついて、まさか、という顔になった。

「市兵衛おじさん。いえ、庄屋さま？」

源助はすぐには答えなかった。わずかに間をおいてから、

「仰るとおりです、サヨ殿」

やむなくそう受けた源助は、どこか諦めに近いものを口元に浮かべた。

「でも、でも……。そんな……」

サヨの心はとまどっていた。けれども、その思いの中でさえ、サヨにはどうしても確かめておきたいことがあった。それは、市兵衛が自分を養女に出した経緯《いきさつ》と、それまで市兵衛がどのように過ごしてきたかだった。

しかし、源助はサヨの願いを断つように、

「私共からは、市兵衛様につきましてのお話を申し上げることはできません。それればかりはどうかご容赦ください」

それから数日後、サヨは源助から市兵衛の来訪について告げられた。ことに用向きの話はなかったが、サヨにとっては顔見知り、というより、むしろ親近感を抱いていた客人なのに、父親の話を聞いたあとでは、急に改まったような思いが湧いてくるのを感じた。

これまでは、「市兵衛おじさん、いらっしゃい」と気軽に声をかけていた。しかし、その夜のサヨは、市兵衛と目を合わせても、ただ黙って頭を下げただけだった。その心の内を察してか、市兵衛もまた何も言葉を返さずに、軽くうなずいてそれに応えた。源助夫婦も、緊張した様子で言葉少なに挨拶を交わし、市兵衛にしか供しない座布団と茶を用意して囲炉裏の方《かた》へと座を移した。

市兵衛は茶を口に運んでから、自分の前に坐ったサヨに、

「それで、わたしのことは何か聞いているのかね？」

市兵衛にそう訊かれて、サヨは正直に答えた。

「とつ様、いえ、義父《ちち》も義母《はは》も、自分達からは何も話せないと申しましたので……」

サヨの言葉に、市兵衛は軽く息をついてから、「そうか……」とうなずいた。そして、離れている源助夫婦をわずかに見やってから、

「さて、何から話してよいか」

端緒を探ってサヨへと視線を移したとき、ふたりに遠慮するように、源助夫婦が静かに頭を下げて外へ出て行く気配がした。

「わたしは、本当はお前を手放したくなかった」

どこか重い口調になりながらそう言ったあとで、ときおり間を取りながら、なかばは自分に言い聞かせるように市兵衛は話し続けた。

「殿の重臣のおひとりが、わたしの妻を望まれたのだ。お前がまだ生まれたばかりの頃だ。赤子に母親が必要なのは当然のことだった。だから、わたしは何としてもその申し出を断るつもりだった。わたしもまだ若かった。父や母が止めるのも聞かずに、妻を望まれた重臣の方のお屋敷へ直談判に押しかけさえした。しかし、会《お》うては下さらなかった。

わたしの身のことはよい。だが、断れば、お前の母の香《こう》殿ばかりでなく、その親御殿の身分にさえかかわることになるのだとわたしを追い詰めた。わたしはあれこれと考えもしたし、悩みもした。それでも、結果としてわたしには抗えなかった。

お前を育ててくれた源助、お前にとってはわたしよりはるかに父親である倉田源之助はわたしの配下にいた。わたしへの付き人同様の若者だった。

源之助は忠義に篤い人間だった。悩んでいたわたしに、お前をこのわたしに代わって育てることを申し出てくれたのだ。お前をわたしの手元に置くことは、やがては必ずわたしにとって災いの種になる。そうわたしを諭した。

お前は、自分の父親が農民らしくない知識を持っていても、それを殊に不思議には思わなかったかもしれない。だが、読み書きや算術を教えながらも、それを決して他人《ひと》にひけらかすような真似はするなと教えられていたはずだ。それは、お前を守るための忠告だったのだよ。

源之助は源助と名を変えて先代の留蔵殿の婿養子に入った。かつて飢饉が二年ほども続いた頃に、留蔵殿もまだ子供だった二人の子息を亡くされて、跡継ぎで悩んでいたのだ。その当時の庄屋は橋谷様といわれる方だった。そのお方の仲立ちで源之助の養子の話が進んだ。橋谷様にはわたしも何度かお会いして面識があった。無論、橋谷様へのお話はあらかじめ重臣のどなたかからの口添えがあったことなのだろうが、今となっては当時のことが詳しくわかるとは思えない。

源之助にとっては、村人の言葉に馴れるさえ時が必要だったろう。まして、自分の素姓を知られてはならなかったのだ。侍であるという思いを断ち切って生きねばならなかった源之助には、本当のところ、再三ならずわたしが恨めしく思えただろう。しかし、それを顔にも言葉にも出さずに耐えてきたのだ」

市兵衛はそこまでを話すと、目頭を指で拭った。

「わたしには幾らか年齢《とし》の離れた兄がいた。けれども、父はわたしに家督を譲るつもりでいたのだ。そのためもあって、ほかの縁組を何度もわたしに奨《すす》めた。しかし、わたしには香殿以外の誰とも夫婦《めおと》になることは考えられなかった。心の遣《や》り場のなかったわたしは、数年の間、自暴自棄に陥った。わたしの父は、わたしがしでかしたことの後始末に奔走する有様だったのだ。そんなわたしの噂をどこかで耳にして、ある日わたしを訪ねてきたのは源之助だった。百姓姿で門をくぐるわけにはいかなかった源之助は、かつて懇意にしていた町家で身なりを整えてわたしの前に現れた。そしてそのそばに、源之助に手を引かれた小さな娘の姿があった。わたしには源之助の言葉を俟つまでもなかった。幼いながらも、その娘《こ》の目と口元は香殿に生き写しだった。

座敷に通されるまで、挨拶がてらにわたしが声をかけても、源之助はどこかしら思い詰めた表情《かお》を崩さなかった。わたしからいくらか間を置くと、源之助は畳の上に両手をついて頭を下げた。

『情けのうございまする』

源之助のそのひと言でわたしには十分だった。

言葉を返すこともできないわたしの前で、源之助は長い間じっと頭を低くしていた。それは、付き人であった頃の源之助そのままの姿だった。

それからしばらくして、わたし達ふたりは、ほとんど口を利くこともなく幾ばくか杯を交わし合った」

初めて明かされた市兵衛と自分との関わり。そして、市兵衛と義父である源助が背負ってきたその過去。共に暮らしてきた妻や息子や娘にさえ打ち明けられずにきた胸の奥処を、包み隠さず市兵衛はサヨにだけ語ったのだ。

「こんな私を、お前は恨むだろうね」

言葉の代わりに、サヨはうつむいたまま何度か小さく首を横に振った。

サヨの姿は、明かされた自分の身の上にじっと耐えているように市兵衛には思えた。その長い沈黙が過ぎたとき、サヨは何かしらを心に決めたように口を開いた。

「父上」

市兵衛はサヨのそのような改まった呼びかけを驚きに近い思いで聞いたに違いない。口を軽くつぼめたまま、市兵衛は顔を上げてサヨを見やった。

「父上にだけはお話ししておきたいことがございます」

市兵衛はあえて、何だね、とは訊かなかった。というより、サヨの一途な目に触れて言えなかったのだろう。

「私は……、『隠れ者』として今日まで生きてまいりました」

その言葉に、市兵衛の表情《かお》がいくらかこわばったように見えた。

サヨは、自分が切支丹であることを本当は伏せておきたかった。それが知れれば、いずれは実の父親に重い処罰が下されるのではないかと案じたからである。しかし、ここで話しておかなければ、この先ふたたびそれが叶うことはないような気がした。

実娘《むすめ》からわずかに目線を外した市兵衛に、

「私は」

市兵衛は、続けようとしたサヨへと顔を向けると、何も言わずにただ静かにうなずいた。

「父上……」

サヨは両手の指をつくと、深く頭を下げた。頰をつたって流れ落ちたものが床を染めた。

桂庵との相談の末にピエラを山小屋にかくまった頃、市兵衛は再び源助の家を訪ねていた。

寒さもまだ厳しく、サヨへの話があまりに長くなるのも源助夫婦に迷惑になると考えて、先日は話を端折った形で家形に戻ったのだが、自分の中ではまだ得心のいかぬものを感じていたのだ。同じようにサヨを前にしながら市兵衛は、

「お前は先日、隠れ者だと正直に話してくれた。それは、源之助とミヨ殿の教えを受け継いでいるのだと思う。もっとも、源之助も同様であったことは、その日までわたしも知らなかった。ただ、若かった頃のわたしは、源之助が学問に造詣が深いことに驚いていた。一時期南蛮に渡りたいと言っていたことさえあったのだ。そうしたことから、デウスの教えも身近に感じられ、いつしかその教えが自らの支えとなったのだろうと思う。わたし自身は仏教徒だ。これは死ぬまで変わらないだろう。しかしわたしは、お前に話しておかなければならないことがある」

市兵衛はそこでいくらか迷ったように口を結ぶと、わずかに視線を落として、

「いま、この辺りの村々では伴天連を見かけたという噂が広まっているが……」

サヨは市兵衛の様子を見て取ると、いくらか促すかに応えた。

「その噂は本当です、父上。義父《ちち》も、どこでとは申しませんが、確かに目にしたことがあると言っておりました」

それを聞くと、市兵衛は、「そうか……」と軽くうなずいてから、サヨへと顔を上げた。

「サヨ、実は……」

市兵衛がそこまで躊躇《ためら》っているのをサヨはこれまで見たことがなかった。けれども、サヨは何も応えずにそのまま市兵衛の言葉を待った。

「その方を……、いまわたしが預かっている」

サヨは一瞬息を詰めた。

「詳しいことは話せないが……」そう言ったあとで、市兵衛は自分が関わることになった事情についておおよそを語った。しかし、銀造の名は話の中には出さなかった。未だ時期が早いという思いがあったのだ。

「そんなことが……」

それだけを、サヨはひとり言のようにつぶやいた。

「パーデレは、ご自分をピエラだと名乗られた」

「え?」

いくらか驚いたようなその表情に、市兵衛はあらためてサヨを見やった。

「お名前は……、存じています。ただ、同じ方かどうかはわかりませんが」

それを聞いて、今度は市兵衛が意外そうな様子をみせた。

「私は、ピエラ様に命を救われたことがございます」

「命を、救われた？」

「はい。義父の話では、わたしが五つか六つ頃に川で溺れたことがあったというのです。義父がほんのわずか目を離した隙に私の姿が見えなくなってしまったとか……。私はよく覚えていませんが、お祭りの帰りだったとか申しておりました。

辺りはもう暗くなっていて、村へ助けを呼びに戻る間《ま》が惜しく、なかば泣きながら探し回ったらしいのです。私を見つけられなかった義父は、小さな木橋の上で呆然としながら、腹を切ろうとさえ考えたそうです。その話を、のちに私は、お侍のような冗談を言っていると笑って聞き流していました。でも、先日からの父上のお話を伺って初めてわかりました。あれは、義父の本心だったのですね……」

サヨはうつむいて唇を噛んだ。

「覚悟を決めて義父が戻ろうとしたときでした。背後から、『モシ……』と声をかけられたというのです。振り返った義父は、そこに化け物のような上背の男が立っているのを見て、さすがに後ずさりをしたと言っていました。けれど、そのひとは、着ているものをずぶ濡れにしながら、両腕に抱えたものを静かに橋の上に置いたそうです。義父には信じられませんでした。あれほど血まなこで探しても見つからなかった娘がそこに横たえられていたのですから……。

そのまま立ち去ろうとしたそのひとが異人であることは義父にもわかりました。言葉が通じなくともよかったのです。私の息を確かめると、義父は幾度となく頭を下げ、『お名前を、ぜひともお名前を』とだけ繰り返して、橋の床木に頭をつけながら懇願したそうです。その方は、そこまでされてはと思われたのか、『ワタシハ、ぴえらトイイマス』と答えられて、暗い中を去ってゆかれました。でも、パーデレ様はわたしのことはお忘れかもしれません。義父の話は、父上にも初めて申し上げたことですから」

市兵衛は、サヨの話を終始黙って聞いていた。

「そうだったか……。いまの話が聞けて本当によかった。もし」

サヨは、続けようとした市兵衛の胸の内を気づかうように、

「はい。パーデレ様がおられなければ、私はこうして父上の前にすわっていることはございませんでした」

はじめて銀造を伴って洞窟のピエラを訪ねたのは、野山に暖かさが戻った時節だった。その数日後に行われた寄合の席が空けたあとで、市兵衛はある想いから仙造を呼び留《と》め、小さな座敷へと案内した。

これは仙造さんへの相談になるが、と市兵衛は前置きしてから、「隣村にサヨという娘がいるのだが、両親はそろそろ嫁がせようという思いを持っているらしい。銀造さんと一緒にさせるのはどうだろう」と話を持ちかけてみた。仙造は、「庄屋さまがおっしゃってくださるお話なら、それはもう願ってもないことで、よろしくお願いいたします」と返答《こた》えた。

その際に市兵衛は、先方の想いもあるだろうから、いまは仙造さんの胸に納めておいてほしい、と断りを入れた。

「もとより先様《さきさま》のお気持ちが大事ですから、庄屋さまにお任せいたします」

仙造はそう言って頭を下げた。

それから十日ほどが過ぎたある日、市兵衛は源助のもとを訪ね、ふた親とサヨを前におきながら銀造との縁談について話をした。

「わかりました、父上。そのお話、進めていただけませんか？」

考えるのに二、三日は必要だろうと見越していた市兵衛は、むしろそれを希《ねが》うようなサヨの言葉に、

「そんなにあわてて決めなくともいいんだよ」となだめるような口調になった。源助とミヨも同じ思いになったらしく、両脇からサヨに目をやった。

「よろしいのです、父上。実は……」とサヨはある出来事について話した。

二年ほど前、近在の三箇村を併《あわ》せてこれまでになく賑《にぎ》わった祭りが催された日の夜のことだった。たまたま見廻りの役人が通りかかった時に、近くでふざけ合っていた子供が、ひとりの役人の脇差の辺りにぶつかったのだ。その子は拍子で地面に転がり、頭を手で押さえながら泣き出した。サヨは人通りの向こうでその様子に目を留めた。そして、倒れた子供が気がかりだったので、ひとを分けて近くへ寄ろうとした。

「この小童《こわっぱ》！」と叫んだ役人が、刀を抜こうとして柄《つか》に手をかけたときだった。誰だかが子供の前へ飛び出すと、「子供のこんでです、お役人さま。どうか、どうかお許しを」と地面に頭を擦り付けて命乞いをしたのである。

周囲《まわり》のものはみな、恐るおそる遠巻きに眺めているだけだった。役人は、配下の侍から何ごとかを耳打ちされるまで、地面に這いつくばったような男に荒い剣幕で怒鳴り続けた。

役人が睨むような眼つきを残してその場から姿を消すと、若いその男は立ち上がってそばの飴売り屋で棒つき飴を買い求め、

「もうでえじょうぶだ。ほれ、もう泣くな」そう言って子供に渡した。

「これからは、気いつけにゃな」とまだしゃくりあげている子供の頭を撫でているところへ、

仲間らしい数人が男のそばへと走り寄ってきた。そして、なかのひとりが頭に巻いていた手拭いを渡しながら、

「何ともねえか、銀造」

受け取った手拭いで額のあたりを払いながら、

「ああ。どうってこたあねえ」

そう応じた銀造の顔には、何とも屈託のない爽やかなものが浮かんだ。

お面の向こう側からその様子を見つめていただけのサヨだったが、その夜から、これまで他の誰にも感じたことのない想いを銀造に対して抱くようになった。

話を聞き終えた市兵衛は、感心したように、

「そうか、そんなことがあったのか。いかにも銀さんらしいね」と言ったあとで源助を見やると、どこか苦笑いに近いものを浮かべながら、

「こりゃあ、わたしが持ち出すまでもなかったね」

市兵衛の口ぶりに、源助夫婦も合わせるように笑い顔になった。

むげに断ることもできず、市兵衛の前では自ら望んだように答えたサヨであったが、暇《いとま》を告

げた市兵衛を見送ったあと、サヨはふた親を前にして迷っている心中を伝えた。

「とっ様、父にはあのように申しましたが、お嫁入りのお話を本当にお受けしてよろしいのですか？　これから先のとっ様とかか様のことが、私にはどうしても気がかりなのです」

サヨの言葉に源助は、

「サヨ殿、このお話はミヨともよくよく話し合ってお受けしたことでございます。今後の私共の身の振り方につきましては、サヨ殿がご心配なさることではございません。それにまた、これはサヨ殿のためでもございます」

「私の、ため……。とっ様、それは」

訊ねようとしたサヨを遮るように源助は応えた。

「いまは、それ以上のことは申し上げられません。いずれおわかりになる日もまいりましょう」


サヨの想いを確かめると、翌日、市兵衛は弥助を仙造のもとへ使いに出した。一、二日のうちに息子の気持ちを聞いておきます、というのがその返事だった。

仙造が庄屋の家形を訪ねてきたのはそれから数日後になったが、銀造が思いもかけず承知してくれました、と仙造は顔をほころばせた。断られたならサヨになんと言いつくろおうかと何

がしかの懸念を抱いていた市兵衛は、

「それはよかった。銀造さんにも気に入ってもらえるといいのだが……」

ひとり言のようなつぶやきに、仙造はあわてて言葉を返した。

「そんな、とんでもねえこってす。首に縄つけてでも」

そのもの言いに、市兵衛は目を細めて笑った。


サヨの嫁ぎの日取りが決められてからも、市兵衛は幾日かの間、実娘《むすめ》に伝えておくべきことを忘れていないかに想いをめぐらせていた。そして、自身の心を確かめると、その日のうちに源助の家を訪ねた。夕餉を終えて、サヨは水場でミヨを手伝っていたが、市兵衛が顔を見せると、くつろいでいた源助はいくらか驚いた様子で、庄屋さま、と畏まった。

「すまないね、急なことで」

市兵衛がそう言葉をかけると、

「めっそうもございません」と源助は頭を下げた。

サヨが茶を用意したあと、源助は、「ミヨ」と呼びかけてから、

「どうか、ごゆるりと」と申し置いて夫婦は家を空けた。

話の切り出しが固くならないようにと、市兵衛は、

「話がまとまって、わたしもほっとしているよ」

それを聞くとサヨは、はい、と小さくうなずき、

「父上には本当にお世話になりました」

「そんなことはいいのだ。それより、お前にいくらか話しておきたいことを憶《おも》い出してね」

サヨは、はいと答えてから、いくらか迷った口調で、

「父上、実は、義父が先日こんなことを申しました」

市兵衛が、ん？　と聞き返すと、サヨは気がかりだった源助の言葉を市兵衛に伝えた。

サヨが話を終えると、わずかに息をついたあとで、

「何か考えがあってのことだと思うが、わたしには源之助の胸の内まではわからない。ただ、お前自身がそれに気づくようになる日は遠くないと想っているのだろう。源之助は若い頃から思慮深い人間だった。だから先々のことが見えているのかもしれない。お前をわたしに代わって育てようとしたことも、そうした想いの末に行《ゆ》きついたものなのだと思う。

これほどの永い年月《としつき》が過ぎても、源之助の胸には、いまなおわたしへの忠義心だけがあるのだ。お前と銀さんとの縁談がまとまった日の夜、源之助の言った言葉がわたしには忘れられな

い。

『サヨさまは、市之進様の実の御子にございます。私《わたくし》のお役目は、サヨさまがご立派になられるまでお護りいたすことでございました。我が子のように育てさせていただいた、それだけで十分なのでございます』

市之進というのは、若かった頃のわたしの名だ。それでも、源之助はあの頃と同じ、いや、それ以上の思いをわたしのために抱いていてくれるのだ。夫婦でありながら、わたしへの忠義のためだけに、子を持つことを断念して今日まで生きてきた、その心中を想うと、わたしは胸の詰まる思いがする」

そう言って市兵衛は瞼を押さえた。

「四十も間近い頃、わたしはみずから蟄居を願い出た。わたしのなかでは、これまでの自分を許せない思いがどうしても消えずにいたのだ。わたしを買っていてくださった重臣の茂木《もぎ》様は、三崎家の遠戚にあたる方だった（三崎は市兵衛の本来の姓）。わたしは父に内緒でその方を頼ろうとしたのだ。

茂木様は、訪ねてきたわたしの話を聞くなり、

『そんなことはならぬ』とお怒りになった。そして、

『いまだ女人《にょにん》ひとりに迷うておるとは、わしはまこと情けない』とも仰った。

ごもっともなお言葉なのだ。父の話では、茂木様はわたしのために広い人脈を活かそうとされてきた。わたしがいまなお多少の交誼を得ていられるのは、当時の茂木様のご尽力あってのことなのだ。

わたしの父も悲しまれただろう。しかし、出仕を拒み続けたわたしへの想いに疲れられたのか、ある日わたしを呼ばれて、

『家督は、お前の兄の庄之進に譲る』と言われた。そしてそのあと、父は力ない様子で、

『だが、お前はそれでよいのか』と問われた。

わたしは自分の気持ちを偽ることができずに答えた。

『よろしゅうございます』

わたしの言葉を覚悟とみたのか、あるいは思慮のなさとみたのか、父はそれ以降ひと言も口にされなかった。

ただ、父のなかには深い諦めはあっただろうが、いかに不肖の息子とはいえ、このまま放り出すわけにはいかぬと思われたのだろう。後日わたしを呼ばれて、

『市之進、今後のことについて、お前には何か考えがあるのか』と訊ねられた。

わたしにはまだこれといったあてがあるわけではなかった。

『その様子では、考えておらぬようだな』

『申し訳ございません』

まあ、よい。そう言われたあとで、

『お前は出仕自体を嫌うておるようだが、侍であることを捨てきれると思っているのか。仮に町人になったとして、それも決して楽なものではない。お前のように一本気なだけでは、世の中を渡っていけるものではないのだ。商人《あきんど》になるにも才覚が要る。裏道を通らねばならぬことが多いのも世間なのだ』

わたしはふと、『百姓になるというのは……』ともらした。わたしの頭には源之助のことが浮かんだのだ。

父は即座に、『そんなことはさせられぬ』と強い口調で言われた。

『お前は、百姓の暮らしがいかなるものか知らぬからそんなことを口にするのだ。だいいち、お前には百姓仕事など続くまい』

断ずるような父の言葉だったが、わたしには言い返すことができなかった。

それから日も置かずに、父はまたわたしを座敷へ呼ばれた。部屋にはどなたか客人が訪ねてきていた。

『きたか』

父がわたしに声をかけると、その客人は父の前から座をずらした。

『お前も存じておるだろう』

促すような父の言葉でわたしがやや振り向くと、

『お久しぶりでございます』と客人は頭を下げてわたしに挨拶した。

『橋谷様！』


父が橋谷様を屋敷へ招かれた頃には、すでに橋谷様は隠居されていた。しかし、庄屋でおられた頃に培われたその力は、時に用水奉行さえ動かすほどのものだったのだ。

わたしを交えて、父は橋谷様とこの先のわたしの身の振り方について話をされた。侍の身分について執着のないわたしを、橋谷様は、

『それはたいそう勿体ないことではございますね』とうなずき、

『とはいえ、もし、本当に村の民百姓に関心をお持ちなら、用水奉行所で何年か過ごされた方がよろしいでしょう』と提案した。

父が、用水奉行所とは？　と怪訝な表情を見せると、

『これは、先ほど嘉右衛門《かえもん》様のお話をお伺いいたしておりましたときに、ふと心に浮かんだことでございますが』と断ってから、橋谷様は御自分のお考えを述べられた（嘉右衛門はわたしの父の名だ）。

『村のまとめ役である庄屋におなりになられてはいかがかと存じます。庄屋であれば、直に農事に携わることはございませんから、嘉右衛門様にもそれほどお気障りになられることもないのではないかと思いました。ただ、庄屋というものは、やはりお役目柄、幅広く職務を知悉しておく必要がございます。そのためにも、用水奉行所でのお勤めがもっとも学ぶ場としてはふさわしいと考えました。本来なら、その村の百姓の内から束ね役としてふさわしい者を自分達が選ぶというのが筋でございましょう。しかしながら、市之進様のご身分を勘案いたしますと、ひと通りの学識《もの》を身に付けられた上で、他村、これは他藩の村でもよろしかろうとは存じますが、幾年か庄屋として任につかれ、その後、もしこの橋谷がまだ存命であれば、市之進様を私《わたくし》の村の庄屋としてご推挙いたすということにされてはいかがでございましょう』

それから橋谷様は、庄屋としての心得とでもいうべきものについて話をされた。

『その村にはその村なりのしきたりというものがございます。これを知り、そして馴染《なじ》んでお

かなければ、必ず村人との間に諍《いさか》いが起こります。そのためにも、折々に村の田や畑へ出かけ、働いている村人たちと触れ合っておく必要がございましょう。お顔を広めるというのは、ただ命じておればよいというものではございません。じかに声をかけ、ときには相談にも乗ってやるというようなことも大事でございます。そのようにされたならば、村人の方から挨拶の声のひとつもかけられるということになってまいりましょう。そうなれば、もう十分に親しみを感じているということなのでございますから、その頃には、庄屋としてお迎えいたしたことに誰も異存はございますまい。ただ、市之進様にそこまでのお覚悟がおありかどうかでございます。庄屋という任につかれることは、決して楽な生き方ではございません。侍でいられた頃がなつかしいとか、よかったと後悔されるようなこともおありになるでしょう。そのところをどうかよくお考えの上でご返答をいただきたいと存じます』

そののち、わたしは半月余りも自室にこもった。橋谷様のお話を自分に納得させ、私自身の心を確かめるためだった。そして、自らの想いが定まると、わたしは父に告げた。

『父上、わたくしは、橋谷様のお話をお受けいたそうと思います』

父の顔にはまだいくらか躊躇が感じられた。しかし、その表情はすぐに諦めに近くなり、

『それは変わらぬのだな』と言われた。

『はい』

そのときのわたしの心からは、すでに迷いは消えていた。

『わかった』とうなずかれてから、わたしの目をじっと見つめられたあとで、

『橋谷殿には、わたしから話をしておこう』とそれだけを口にされた。


年が明けると、父と橋谷様の口添えでわたしは用水奉行所に勤めることとなった。わたしの中にはもう出仕を厭う思いはなかった。とにかく、できるだけ多くのものを身につけねばならなかったからだ。それは知識だけのことではない。何より村人の中にある想いを自分のものとして感じ取れるようにならなければ、という一心がわたしを駆り立てていた。

ある時、わたしは袂を持ち上げて村人が代掻きの作業をしている田へ入ろうとしたことがあった。同僚達は驚いてわたしを止めたが、汚れなどわたしにはそれほど気にならなかった。膝上まで泥に浸かりながら、村人に寄り添うようにしてその仕事に目を凝らした。そうしたささいなことでさえ、のちのわたしにとってはかけがえのないものとなった。

用水奉行所での数年間は、辛いものだと感じることも確かに多かったが、それでもわたしに

とっては大きな財産となった。同僚とのつながりを深められたのもありがたいことだった。わたしが、これからだと皆に想われている頃に任を解いていただいたときには、それを残念がった仲間が何人もいてくれた。現在《いま》はみな立派なお役目をいただいているようだがね。

奉行所に勤めている間に、わたしはいまの妻であるマツを娶った。マツは橋谷様の姪にあたる娘だった。父は身分のことを何度も口にされ、武家の娘をわたしに薦めた。しかし、わたしはそれを断った。この先わたしが引き受けようとしている職務を、武家の娘が共に背負っていけるとはとても考えられなかったからだ。

マツと引き会わせられたときには、どこかのんびりした感じにも見えたが、それがわたしにはかえってよかったのだ。つい愚痴をこぼしそうになると、

『そんなこともありますでしょ。気にせん、気にせん』

まるで子供をあやすような口調でそんなことを言ったりもした。

奉行所を辞したのは、橋谷様のお声掛かりがあったからだ。近隣の藩にちょうど庄屋が隠居したばかりの村があるので、その任を継いではどうかというものだった。わたしに異存のある筈もなかった。新たに木内市兵衛の名をいただき、次の月には妻子と共にその土地へと移った。

わたしは、庄屋として村の民百姓にじかに触れてみて初めて知った。それは、かつて橋谷様が心得としてお話になられたことが、いかに大事で、また、いかに誤りのないものであるかという事実だった。そしてそれは、侍のままであったなら、決して得ることのできなかったものなのだ。

わたしが庄屋となって三年目のことだった。秋の大風《おおかぜ》が雨と共に吹きまくって、他藩と境を接する大川が氾濫したのだ。用水奉行からの達しで、やや離れていたわたしの村でも、十人の若い衆を扶役として差し出すよう命じられた。川は狂ったように堰を切り、田畑へ流れ込んだ。川沿いの村人の家も十数軒が泥に呑まれた。風雨が収まり、川の水が引き始めたのは三日後だった。だが、明け方近くなって村へ戻ってきたのは、わずかふたりだけだった。わたしが選んだがために、八人もの若者が命を落としたのだ。中のひとりは、翌月稲の穫り入れが終わった頃に祝言を挙げるはずだった。わたしにはそれをどのように詫びたらよいのかわからなかった。翌日、若い衆を喪《うしな》った各戸を回ってただ謝るよりほかになかった。それでもわたしはなお自分を責めないわけにはいかず、穫り入れが一段落するのを見はからって寄合を設けた。そしてその席で、庄屋の任を離れることを明言した。黙り込む者、そこまですることはないと言う者、集まった衆の想いは分かれた。

翌日、わたしは用水奉行所を訪れて胸の内を明かした。奉行は、『気にするでない』と言われた。しばし待て、と仰ったその言葉も、わたしには職責を等閑なものにしているとしか聞こえなかった。

その二日ほど後のことだった。六人の村の衆がわたしの家形を訪ねてきた。みな、出水で逝った若い衆の身内だった。わたしは、どのような責めを求められようとやむを得ない、とそう覚悟を決めて村人が集まった部屋に入った。場に重いものを感じながらわたしは座についた。みな一様に黙り込んでいたが、やや過ぎてから、年長のひとりが口を開いた。

『あのことは、お役目だったことですだ』

老いたその顔には、諦めと、なかば悔しさが入り混じっていたが、わずかに左右に目配せをしたあとで、

『だから、庄屋さまのお役をこのまま辞めねえでもらえねえかと、わしらはそれをお願えしにここへまいりましたです。ふたりの若い衆《しゅ》の家《うち》の者《もん》は渋りましたけんど、本当はわしらと同じ気持ちでいるに違えねえですだ』

わたしは、自分が責められることばかりを考えていたので、

『本当に、みなそれでよいのだろうか……』とためらいがちに目の前の六人を見回した。

場にいた者がみなそれぞれにうなずくと、若い衆の父親らしい村人が答えた。

『そんでなけりゃあ、みなここへはきておりませんですだ。わしらは、庄屋さまがこちらへ参られたとき、いい方がお見えになったと喜んでおったです』

村人が家形を出たあと、わたしは小狭な座敷にこもった。マツは心配になったのか、しばらくして様子を見にきたが、文机《ふづくえ》に向かったままのわたしに、『お茶、ここに』と小さく声をかけて部屋を出た。

その夜、わたしは長い間想いをめぐらせた。そして、この先いずれの地へ赴いても、その村の者を見捨てることだけは決してすまいと心に誓ったのだ。


それから数年が過ぎた頃のある日、わたしは早飛脚による一通の封書を受け取った。それは辛い報《しら》せだった。橋谷様が急なことで亡くなられたというのだ。数日の間、わたしは食べ物が喉を通らなかった。悲しい想いと同時に、かつて伺っていた橋谷様のお気持ちを受け継ぐことができなくなったと思ったからだ。しかし橋谷様は、ご自分のお身体の容態についてあらかじめご存知だったのかもしれない。日を待たずに父からの封書が届いて、そこには、わたしが橋谷様のおられた村の庄屋として推挙されている旨が記されてあった。わたしは、かなりの歳になっていた父のことも考え合わせて、橋谷様のご遺志をお受けすることとした。これまで務めていた村の衆はみな、わたしの帰郷をひどく残念がった。わたしは、そこまでの想いでいてもらえたことを、今でも本当に有難いと思っているのだよ。

わたしは帰郷するとすぐさま父を訪ねた。父は思っていた以上に老けておられた。そして、これまでのわたしの安否についていくらか言葉をかけられた。わたしが戻ったことで安堵されたのか、それから三月《みつき》のちに父もまた逝ってしまわれたのだ。かつてわたしに対して心に期しておられたことの何ひとつにも、わたしは応えることができなかった。そんなわたしが、父や橋谷様に誓えるのは、この先、たとえ自分の命と引き換えになるいかなる事態が起きようとも、それを我が身に引き受けようという想いだけだったのだ」

これまで市兵衛に対して抱いていた様々な想いが、サヨの話が進むにつれて、次々と氷解していくのを銀造は感じていた。そしてそれはまた、サヨについても同じ、あるいはそれ以上のものとなっていたのだ。

サヨの話は、銀造にとって止めどもなく長い回想のはずだが、それは、あたかも一炊の夢のように巡って過ぎた。翌日が踏絵というその切迫した思いが、あるいは銀造の意識を加速させたのかもしれない。

サヨ……。

その顔が瞼の奥に浮かぶ間もなく、銀造はいつしか深い睡眠《ねむり》に落ちた。

Ⅷ

翌日の午《ひる》を過ぎた頃、役人とその配下の者が牢番とともにやってきた。牢が開けられ、何ごとかを口にする誰かの声が聞こえたすぐあとで、「騒ぐな」と役人が叱りつけた。

代官所のやや広い場所で行き先が告げられたが、銀造はその寺の名に覚えがなかった。寺までの道を、両手を後ろで縛られ、一列に並ばされて歩いた。十人ほどを一組にして縄を連ね、その各々の前に、棒を手にした小者がついていた。銀造がサヨを探そうとして振り返ろうとすると、「前を向かんか」と小突かれた。

代官所から続く町屋の界隈を抜けるまで、役人達の馬は、騒ぎを避けて人通りの少ない道筋を選んでいるようだったが、それでも、物見高い町人たちがあちこちから集まってきていた。その中にも、あるいは隠れ者がいるかもしれない。しかし、言葉ひとつかけることもできないまま、胸の内では、いつ自分の身にも同じ事態が降りかかるかもしれぬと恐れているに違いない。

寺へ着くと境内に集められた。縄が解かれ、銀造がふと眺めると、その数は五、六十人に思えたが、サヨを確認することはできなかった。

ひとりの役人が、集められた者の名を帳簿と突き合わせ、村人を動かして座処を決めていく。サヨは銀造の後ろに坐った。わずかに首をめぐらせ、小声で、「大丈夫か」と声をかけた。顔は見えなかったが、「はい、お前さま」とかすかに答えるのが聞こえた。

境内を見下ろせるように板戸が外され、堂の内部は紋が染められた幕で仕切られている。寺の住職や数人の僧が居並ぶ前に、重職にあるらしい役人達が坐っていた。これまで行われてこなかった踏絵を、どのようなものになるのかと興味深げな顔つきである。堂の前の廊下の中ほどに、一脚の脇息《きょうそく》と座布団が据えられている。それまで堂内にいた役人のひとりが、廊下の左に進み出て声を上げた。

「よく聞け。ただいまお奉行がこちらへお見えになる。わざわざのお出ましでお前達に話をされる。心して伺え。よいな」

境内に呼びかけた役人がそのままその場に立ち、やや間をおいていくらか恰幅のよい男が姿を見せると、用意されていた席に腰を下ろした。それから、境内に集められた村人達に視線を投げかけた。鼻でひとつ息をついたあと、奉行はおもむろに口を切った。

「わしは、ここにいる者はみな切支丹だと聞いておる。それゆえ、わしの話についても、その辺りをよく承知しておいてくれ」

奉行は念を押すような口調でそう前置きしてから、

「わしがお前達をこの場へ集めたのは」

奉行はそこで短く間を取った。

「決してお前達を罰したいがゆえではないぞ。むしろ、お上のご加護をもって救いたいがためじゃ」

温情を込めたように言ってから、奉行は息を継ぎ、

「そもそも、お前達は、デウスを信じていれば何かよいことがあるとでも思うておるのか。信じれば天国《ハライソ》とやらへ行き、信じねば地獄へ堕ちる。そんなことを本心から考えておるのか。デウスとかいうものがこの世に、いや、この世でなくともかまわぬ。本当にそのようなものがいると思うておるのか。少なくともわしは会《お》うたことはないぞ」

堂内に坐る役人や僧の間から笑い声が起こった。

「だいいち、なぜ仏ではだめなのだ。これまでおまえたちは仏を、いや、日の本の神々でもよいが、信じてきたのであろう？　それをいまさらデウスでもあるまい。お前達がこの先すべき

ことは、たった一枚の板を踏むだけのことだ。そんなことは何でもなかろう」

そこまでを話すと、奉行は傍らに置かれた茶に手を伸ばしてひと口飲んだ。

「板を踏めば天罰が下される、なぞとまことしやかに説いて歩いた伴天連もいたという話だが、もしそれが本当なら、この日の本の国はいまごろとうになくなっておる」

奉行の言葉が気に入ったのか、僧たちの幾人かが、何ごとかを言って相槌を打っている。

脇息に寄りかかり、窺うように境内を眺めやると、また奉行は姿勢を戻し、わずかに身体を前にかがませて口調を変えた。

「お前達も、長崎という町の名は聞いたことがあろう。そこでの厳しいお裁きについても知らぬわけではあるまい」

確かめるように言ってから、奉行の話し振りが先ほどとは違った強いものになった。

「お前達の考えている地獄とやらが、どのような責苦を与えるものかわしは知らぬ。お前達も知らぬであろう。だが、これだけは言うておく。お前達の思っている責苦とやらは頭の中の空事だが、この先味わわねばならぬものは空事ではない。現実そのものだ」

そのあと、奉行はおだやかな表情に戻ると、「しかし」と言いながら茶を啜った。

「先ほども申した通り、わしはお前達をそのような苦しい目にあわせたくはないのだ」

ため息にも近いものが村人の間から洩れた。奉行はそれに気を留めたように続けた。

「わしの言葉が、お前達を騙すために弄されていると思うか。それは違う。それは違うぞ。お前達の一人ひとりがわしにとって、いや、ご公儀にとって大切な民なのだ。命なのだ。誰が好きこのんで無駄死にさせたいと願ったりするものか」

奉行はそこで息をつくように言葉を切り、何ごとかを考えるかに目を閉じた。近くにいた役人が傍へ寄り、小声で何かしら伺いを立てた。その役人に、待て、とでもいうように手を上げて制すると、奉行は再び口を開いた。

「お前達は、一枚の絵に足をかけることが、信じているものへの裏切りだと思うであろうな。だが、よく考えてみよ。お前達がこれまで仏を信じていたなら、デウスや耶蘇に心を移すことは裏切りにはならぬのか」

奉行の言葉に、境内のあちこちから小さなざわめきが起こった。

「静まれ。勝手な雑談《ぞうだん》は許さぬ」

左方に端座していた先ほどの役人が叫ぶように声を上げた。

奉行はその役人を振り返り、

「まあ、よい」とうなずいたあとで、

「わしはお前達と宗論を争おうと思うてここに参ったわけではない。お前達にこれまで通りの暮らしを続けてほしいからこそ足を運んだのだ。そこのところをよくよく考えてくれ。わしが、切支丹であるお前達と会うことはもうないだろう。だから、これはわしからお前達への頼みと思うて聞いてもらいたいのだ」

居並ぶ重臣達は、奉行が、お前達への頼みだと言ったことに驚いた表情を浮かべ、互いに顔を見合わせた。

「わしは、のちほどここにおる者たちにも申しておく」と言いながら、奉行は役人達をわずかに振り返った。

「お前達の中で、そのときには絵を踏まずにいた者でも、その教えなるものを捨てると誓うなら、すぐさま牢から解放するようにとな。これが最後だ。よくよく考えるのだ」

村人達を隅々まで眺める様子を見せたあとで、奉行は長い話を終えて立ち上がった。

奉行が姿を消すと、先ほど声を上げた役人が境内に向かって告げた。

「よいな、お奉行のただいまのお言葉はお前達へのお情けだ。しばしの猶予を与える。よく思案せよ」

役人が猶予を与えると伝えたその直後から、村人達のあちこちでささやきのようなものが起き始めた。銀造もサヨと向かい合ったが、正直何を話してよいのか考えが浮かんでこなかった。牢の中であれほど懇願しようとしていた言葉が、いざ口を開こうとすると途絶えてしまうのだ。

役人の言った猶予とは半刻《はんとき》くらいのものだろう。その短い時間の間に、これまで長年に亘って育ち根づいたものが、そうやすやすと変えられるものではないということ、そして、その身に加えられる苦しみが、棄教させる目的で、できるだけ長引くように行われるだろうということは、誰もが感じている。それは、切支丹として捕らえられた村人達ばかりでなく、役目柄そこに座している堂内の役人も、本意では興味ばかりで居並んでいる僧たちも同様であったろう。猶予とは単なる名目に過ぎない。ある意味では、自分達に降りかかる責任を回避するための逃げ口上でしかないのだということも、役人達は十分承知しているだろう。むしろ、猶予を与えるなどと言わずにいてくれた方が、村人達にとってはよほど苦しみが少ないかもしれないのだ。

言葉が見つからぬまま刻《とき》は過ぎていく。それでも、銀造は何かを言わねばならなかった。

「サヨ。わしは……切支丹には、なれねえ」

言いながら、銀造は顔を上げることができなかった。

「いいのです、お前さま。わたしは……」

サヨが言葉を続けようとしたそのとき、役人の声が響いた。

「もう十分であろう。これより踏絵を執り行う」

村人達の視線がいっせいに声の方へ向けられ、次には重い沈黙が訪れた。その短い猶予は、半刻にも至っていないに違いなかった。おそらく、待つことに疲れてきた役人や僧たちの胸には、早くすませてくれという苛立ちが募ってきたのだろう。

堂内の者たちにはただの勤めのひとつにすぎないのかもしれない。だが、ここに集められた村人達にとっては、命をかけた選択なのだ。しかし、そこへ想いをいたしている雰囲気は堂内にはなかった。

役人が村人達に座を整えるように命じたあと、何脚か床几《しょうぎ》が並んでいる場へ、堂内から数人の役人が降りてきて腰をかけた。廊下から少し離れた石畳の上に、一尺ほどの板のようなものが運ばれると、堂内から重々しい様子でひとりの役人が廊下に進み出て告げた。

「始めよ」

踏絵のために置かれた板の近くに坐っていた監視役らしい役人が、最初の村人の名を読み上げた。

「次兵衛」

名指しされた老人は、板の前へ来ると一瞬足を止めた。それから、家族らしい村人の方へ目をやると、苦しげに何ごとかをつぶやいてから板の上に足を置いた。最初の宗徒の様子を固唾を呑んで見守っていた村人の間から、溜息とも驚きともつかぬ声が上がった。

監視役の役人は帳づらの上に筆を走らせたあと、連れて行け、というように配下の者へ顎をしゃくって合図をした。端《はな》から転び者となった老人は、うなだれたまま寺の裏手へと姿を消した。家族へ投げかけた視線は、許しを請うものだったのだろうか。それとも、皆も自分に続いてくれという暗黙の頼みだったのか。

平佐、仁助、ミネ、ナツ、と次兵衛の家族は名を呼ばれて各々が踏絵の前に進んだ。ナツと呼ばれた若い女は、赤子を抱きかかえて板の上を通り過ぎた。家族の全員が踏絵に足をかけたのだ。床几に腰を下ろしていた重臣達の顔には、安堵感と同時に、半ば気抜けしたような想いが入り混じっていた。これならば、従来の宗門改めで十分だったのではないか。そんな考えが役人達の胸にはよぎったのかもしれない。

四人が寺の裏手へ去ると、監視役が、「喜八」と名を読み上げた。牢内で言葉を交わした男の名が出たとき、銀造は、喜八は板を踏むまいと思った。表向きはどこか半端に感じられた男であったが、なぜかしら、内には固い意志を秘めているような気がしていたのだ。

喜八が前へ出て踏絵に近づこうとしたとき、床几にかけていた重臣が、「待て」と声をかけ

て制した。怪訝《けげん》そうに喜八が足を止めると、

「お前はあとだ」

そう言ってから監視役のそばへ寄り、何ごとかを耳打ちした。役人は、「はっ」と応じると、帳簿を数枚繰ってから手を止め、何ごとかを確かめると、

「喜八は下がれ」と命じた。

何人もの村人が、不審そうに伸び上がるようなしぐさを見せている。喜八が首をかしげて踵を返すと、監視役はいくらか強い口調で、

「サヨ」と呼び上げた。

当のサヨも驚いただろうが、銀造にはなおさらだった。宗門改めにおいても、先ず家長の名が呼ばれるものだったからだ。思わず銀造は、

「お役人さま」と叫んでいた。

監視役は、「騒ぐな」と銀造を睨むように叱りつけた。重臣である役人が何を考えたのかは誰にもわからなかった。床几に並んだ役人達でさえ、喜八を止めた重臣を見やっている。境内の村人の間にもかすかなざわめきが起きた。それらをあえて無視するかのように、監視役は苛立つような素振りで、

「サヨ、早くいたせ」

喜八を制した重臣は、サヨがその近くを過ぎるとき、一瞬目が合うと、それとわからぬほどにうなずいて見せた。サヨはことさらそれには応じず、そのまま踏絵の板へと歩を進めた。サヨの足が板の前で止まったとき、わずかに銀造のいる方《かた》を振り返ったように感じられた。サヨはその足を前へは進めなかった。そのままサヨは膝を折り、踏絵の前に膝立ちになると、十字を切って両手を組み、静かに頭《こうべ》を垂れた。

その姿に銀造の目は釘づけになった。

サヨ……。

頭を垂れているサヨの姿は、一介の百姓女のものではなかった。あたかも、切腹を前にした武士の覚悟にも似たものさえ感じさせたのだ。市兵衛が、たとえ自ら望んで低い身分にとどまっていたにせよ、胸の内には侍にも等しいものを抱《いだ》いていたように、その血はサヨの中にも同じように流れ、同じようにその最期を受け入れようとしているのだ、とそう感じさせずにはおかなかった。その凛とした姿が、居並ぶ役人達の精神《こころ》に何ものかを伝播させたのかもしれない。役人達は、半ば身動きが取れないような心理に陥ったかに見えた。

村人の誰からともなく、声にならぬ祈りが洩れた。

先ほどサヨにうなずいた重臣は、半ば腰を浮かせかけていた。それがなぜなのかは周囲の誰にも推し測ることはできなかったが、想い描いていたものとは明らかにかけ離れた光景が目の前にあったのだろう。

村人の低い祈りの声が続く中、監視役でさえ、何が起きたのかわからぬ風情で動きを止めている。銀造もまた視線をそらせることができぬまま、我を忘れたようにサヨの姿に見入っていた。山の洞窟で、ピエラが銀造のために祈っていたとき、目にしてはならぬもののように感じられたその姿に、サヨが重なって見えたのである。

しかし、その厳かさに近い雰囲気は、監視役の我に返ったようなひと言でかき消された。

「引っ立てい」

その声が響くと、村人達の祈りも一瞬にして途絶えた。

村人達の間にかすかな呻《うめ》きにも似た声が広がる中を、抗う様子も見せずに、サヨは寺の裏手へと引きずられていった。その姿を目で追いかけながら銀造は呼びかけたが、それは声にはならなかった。

サヨ、わしをおいていかねえでくれ。

「銀造、出ろ」

監視役は、いまほどの動揺に近い己の想いを打ち消すかのように語気を荒げた。

銀造が力なく前へ出たとき、サヨにうなずいて見せた重臣が、「市兵衛め」と歯噛みする声が聞こえた。

踏絵までのほんの四、五間の距離が、銀造にはひどく遠いものに感じられた。

歩く銀造の脳裏にピエラの顔が浮かんだ。苦痛の中で言葉を伝えようとした洞窟内のその姿は、この先も決して消えることはないだろう。市兵衛の温かみのある声は、いまなお耳の奥に鮮明に響いている。仙造にと渡された菓子のことを思い出して、ふと銀造の口元はゆるんだ。サヨとの、短くはあったが、温もりで満たされた日々がよみがえってくる。

だが……。

パーデレ、わしはもう二度とサヨには会えねえんでしょうね。

銀造の中には、猶予として与えられた束の間にも、サヨが踏絵の板に足を乗せることを期待する想いがあった。いや、むしろそれを望み、この先もまた元のような暮らしを続けていけるのではないかと考えていた。だから、自分は切支丹にはなれないと告げても、踏絵が過去のことになってしまえば、サヨは受け入れてくれると思い込んでいたのだ。

こんなことになるなら、『切支丹にはなれねえ』などと口にするのではなかった。

踏絵のための板の前まで来て視線を落とすと、耶蘇の顔が彫られた銅板のメダイユが目に入った。急ごしらえのように見えるそれは、他所のものをまねて間に合わせたらしく、いくらか粗雑な作りに思われた。だが、それは確かに耶蘇の顔だった。銀造がピエラから渡されたメダイユの像は、苦悶と哀しみの表情を浮かべていると市兵衛は言っていた。しかし、いまこうして銀造の目に映る耶蘇の顔は、何ごともないかのように目を開け、静かに銀造に対していた。

あなたは、わしが切支丹になれぬことを責めておられるでしょうな。わしのような弱い人間でも、デウスは受け入れてくださるとパーデレはおっしゃった。しかし、わしはあなたに会ったこともなければ、その声を聞いたこともない。それでも、なぜかわしにはあのメダイユを捨てることはできなかった。

このいまでさえ、わしは迷ったまま、こうしてあなたの前にいる。

二度とサヨに会うことはできないと思うと、わしは頭がどうにかなってしまいそうだ。ですが、もし天国《ハライソ》というものがあって、そこにあなたがおられるのなら、どうかサヨを守ってやってもらえねえでしょうか。

メダイユの耶蘇に心の中で語りかけたとき、なぜか銀造にはその足元の顔がひときわ大きくなったように感じられた。そして、ひとつの言葉が耳の奥に響いた気がした。

『お前とサヨは、わたしと共にいるだろう』

足を上げ、板の上のメダイユに乗せようとした次の瞬間、左胸に急激な痛みが走り、銀造の目を霧のような白いものが覆った。

踏絵の上に倒れこんだ銀造の周りに、役人達が駆け寄るように集まってきた。そのとき、前の方に坐っていた村人のひとりが叫ぶような声を上げた。

「そのひとの身体が浮き上がっただ」

その声が響くと、他の村人の中からも、呼応するように、

「わしにも見えた」

銀造の身体を確認しようと姿勢を低くしていた役人が、

「何だと」と村人達を振り返った。

「たわけたことを申すな」

一喝してから、口元を歪ませたまま、検死に立ち会っていたそばの役人を見上げた。

視線の先の役人の顔には、なぜとも言えぬ奇妙な表情が浮かんでいた。

あとがき

二十代の半ばを過ぎた頃から、私は、自分の中にあるキリスト教について、何かしらの形をつけておきたいと考えるようになった。

しかし、当時から四十代に至るまで、私の内面では、キリスト教への想いは常に揺れ続けた。その意味では、作中の銀造の心理は、その頃の私に最も近似しているかもしれない。市兵衛の中にも、若干は私が投影されているだろうが、私は市兵衛やサヨほど純粋に生きられる人間ではない。詩人であれ作家であれ、物書きというものは、少なからず内部分裂を余儀なくさせられている人間である。それは、言葉を換えるなら、物事を多面的、複層的に捉えずには生きてゆけない、という十字架を背負っている存在だということにもなるであろう。

私が幸運であったと思えるのは、この作品は、この年齢になって初めて書きえた部分がその多くを占めているということである。もしも私が、二十代後半から三十代の初期にこのような作品を書いたとしても、経験の不足等によって、殊に、年長の人物像は、そのほとんどが実感の伴わないものとなってしまったであろう。

この作品を書き上げるまでには、私にとっての精神的な支柱となり、パソコンによる多岐にわたっての調査・検索や、その他の煩瑣な作業を厭うことなく引き受け、全面的に協力を惜しまなかった弟をはじめとして、民俗史、ストーリー構成、内容的な指摘等、多数の方々の助言をいただいた。ここでお一人おひとりのお名前を挙げることは控えさせていただくが、紙面を借りて深く感謝の意を表したい。

併せて、この作品を多々好意的に評され、熱心に出版を奨めていただいた「東京図書出版」の編集室、ならびに出版事業部の方々に厚く御礼を申し上げる。

著者

平成二十七年六月

菊澤　慎二（きくざわ　しんじ）

1951年生まれ
福井県福井市在住

足元の顔

2015年８月８日　初版発行

著　者　菊 澤 慎 二
発行者　中 田 典 昭
発行所　東京図書出版
発売元　株式会社 リフレ出版
〒113-0021　東京都文京区本駒込 3-10-4
電話（03）3823-9171　FAX 0120-41-8080
印　刷　株式会社 ブレイン

ISBN978-4-86223-865-8 C0093
Printed in Japan 2015

ご意見、ご感想をお寄せ下さい。

［宛先］〒113-0021　東京都文京区本駒込 3-10-4
東京図書出版